昭和動乱と抒情

新藤謙

同時代社

昭和動乱と抒情　目次

はじめに

　これから私が試みようとすることは、恐慌、生活苦、革命運動、軍国主義、戦争、敗戦と民主主義、経済成長と農業衰退といった、昭和史の画期をなした事件や社会動向を、俳句、川柳、短歌、詩、などが、どのようにうたい、表わしてきたかの追尋である。いわゆる昭和詩歌史、昭和俳句・川柳史ではない。そういう種類の研究や著作が、著名な詩人、歌人、俳人などの、昭和における作品を、年代順に評価し位置付けた文学史であるのに対して、私の辿るのは、社会史のなかの抒情の流れと表われ方である。したがって、取上げる作品は、もちろん著名人に限定されない。むしろそうでない人のもののほうが多くなると思う。特に『昭和万葉集』から採った短歌に、その傾向が強い。取上げる作品は主題に沿い、また私の価値観に拠るので、常に公平とはいえないが、民衆の生活や心情の振り幅には、偏りのない目を注ぐつもりである。とはいえ、限られた紙幅で、民衆の心情を隈なく吸い上げることは至難の技、どうしても私の思想によって、また主題に則して、作品の取捨をせざるを得なかった。その際、私が何よりも心掛けたのは、民衆の心情の深切と時代の本質である。

一、農民の窮乏と農村

I

昭和は経済恐慌とともに始まった。発端は一九二九年一〇月二四日の、ニューヨーク株式市場の大暴落である。それは独り米国のみに止まらず、欧州やアジアにまで波及した。特に日本の蒙った打撃は大きかった。浜口内閣の緊縮政策と金解禁（日本は一九一七年九月一二日以来続けてきた金本位の停止をやめ、一九三〇年一月一〇日、金本位に復帰させる緊急経済政策を実施した）が、これをいっそう促進したといわれる。

明治以降、日本の輸出の大半を占めた蚕糸は米国に依存していたため、恐慌のあおりをもろに受け、米国の生糸相場の下落にともなって、横浜の生糸相場もほぼ半分に下がり、生産指数も三〇年前半には、前年の三分の一に落ち込んだ。加えて中国輸出もほぼ中断状態となり、貿易の縮小は著しく、このため操業短縮、生産制限となり、失業者が激増し、人々は深刻な生活難に陥った。

もともと日本の都市労働者は農漁山村からの貧しい出郷者であったから、都会で仕事がないからといって、おいそれと家郷に帰るわけにはいかなかった。家郷は彼らを受け入れる余力を持たなかった。にもかかわらず、「故郷へ帰って父兄の厄介になれば何とか喰える、そう労働者に思わせ、また思わせる条件をなす封建的な家族関係を維持することで、資本家は生活保証の意味をなさぬような低賃金と、いつでも首を切れるような苛酷な労働条件をおしつけてきた。」（遠山茂樹他『昭和史』岩波書店）要するに、日本の農民を低劣な生活水準に抑え込んできた寄生地主制と、日本資本主義の反道徳性、前近代性は表裏一体であり、農民が極限の暮らしを強いられていた条件が、都市労働者の低賃金に連動したのである。こうして企業は、安く使える労働者を、いくらでも農村から補充することができた。その典型が紡績女工であった。

前述したように、農村には、都市失業者を迎え入れる余地は全くなかった。この経済恐慌によって、最も甚大な打撃を受けたのが農村だったからである。生糸相場の暴落は養蚕農家を打ちのめした。暴落は野菜、米においても同様であり、すべての農家が塗炭の苦しみを強いられた。それでいて化学肥料や農機具類の値段は下がらず、農家経営を圧迫した。「三〇年における全国農家の負債は、農家一戸あたり約七、八百円にものぼったと推定され、それが年々百円ほどずつ増加していった。」「翌三一年には、大凶作となった。豊作でもぎりぎりの窮迫に追いこめられていたから、まして凶作ともなれば、その打撃にたえる力はなく、文字どおりの飢饉となった。とくに冷害におそわれた東北・北海道地方の状態は悲惨だった。」(同前)

農民は粟、稗を常食し、わずかに飢えを凌いだ。飢餓状態は漁山村でも同様で、学校に弁当を持って行けない、いわゆる「欠食児童」が続出した。子供たちは汽車の客が、窓から投げ捨てる空弁当を奪い合った。

無地縮緬《むじもの》は生糸《いと》より安き値となりぬ不況も今は極みなるべし　楠　松治
米も繭もかく安くてはうつし世にわれら百姓の生きむすべなし　及川松雄
糸価暴落はゆゆしき事と下思ひ妻にいはずして春蚕掃立つ　児玉高覧
このままに過ぎなば竟に飢ゆるべし桑引き抜きて麦播かんとす　奈良縫之助

お話にならぬ蚕がしんしん桑を食ふ部屋じゅう
やすい蚕がずんずんふとる夫婦で飯　以上栗林一石路

以上の歌や句のように、経済政策は殆んど常に、弱者の犠牲によって行われた。政治は非情この上なく、資本は強者の意志を貫いた。養蚕を麦に切り替えても、事態の好転は期待できないことは、農民自身が一番知っていた。それでも麦を播くしかなかったのである。

もともと養蚕労働は不眠不休に等しい苛酷なものであっただけに、生産費を割り込む糸価暴落に、養蚕農民は声を挙げる元気さえ失い、徒労感を噛みしめねばならなかった。それでも若い農民のなかには、なぜそうなるのか、と疑いを抱く者があった。山形の真壁仁もその一人で、彼は一連の「蚕の詩」のなかで率直に自分の考えを述べた。

蚕はおれたちを養はなくなつた
蚕糸会の調査による
秋繭十貫の生産費四十四円五十銭
それをおれたちは二十四円で売つてるではないか
ひと月の間夜の目もねずに汗ながしてとつたまつしろな繭
それが薯のやうに食へないのが口惜しかつた
おれたちの繭おれたちのものでないのだ
養蚕組合はつひに御用組合にすぎないのだ
桑の木を仆して薯を播かう
よし口に糊するものの乏しくとも
薯つくりの土まみれなよろこびは深いのだ

「蚕の詩　その十」

それでも真壁家はまだ「白い飯を食べ」られる中程度の自作農であったが、貧農には到底「白い飯」は食えなかった。この詩には養蚕組合へのきびしい批判がある。真壁の詩に資本への批判に匹敵する地主対小作人の階級対立、寄生地主制への批判が見られないのは、階級意識より農村自治の考え方が強かったからであろう。「桑の木を仆して薯を播かう」は、前出の奈良縫之助の短歌と認識を共通にするが、注目されるのは、「よし口に糊するものの乏しくとも／薯つくりの土まみれなよろこびは深いのだ」という土と耕作への愛着である。

養蚕も桑の栽培など、間接に土にかかわるが、主になるものは蚕の生育で、蚕そのものは土が育てるものではない。土と不離一体な米麦や薯作りと、養蚕のちがいがそこにある。したがって、農民としての充足感は、米麦作りにおいて強く、養蚕において弱い。耕作農民が苛酷な労働と困窮に耐えられたのは、一重に土への愛着による。この土への愛着を一個のイデオロギーとして体系化したのが農本主義である。真壁仁は偏狭な農本主義者ではなかったが、農本主義の尾骶骨を残していた。それが露呈されたのは戦争中であった。

以上の真壁仁の詩には、同じ素材によりながら、前出の短歌に見られない分析と論理があり、それだけ短歌的抒情、小野十三郎が問題にした批評精神を溶解し、すべてを詠嘆に流す負の抒情構造を超えるものがある。真壁仁は同郷の歌人結城哀草果の下で短歌を学んだ青年であったが、社会への窓が開かれることに対応し、短歌と別れた。真壁が体制批判の詩作をしたのは、現実社会の非合理や矛盾に気付いたからにちがいない。

Ⅱ

繰り返すが農民の生活の窮乏は、経済恐慌による農作物の下落のみに原因があったのではない。主因は封建的土地所有と、地主による小作農民の収奪（その典型が高率の現物小作料）で、その構造が農民の窮乏を恒常化したのである。この経済構造と、それを守る政治体制のため地主は、懐手しながら、安逸を貪ることができた。寄生地主制といわれるゆえんである。川柳、俳句、詩歌、詩とも、この現実を批判した。

一粒も穫れぬに年貢の五割引　　鶴彬
我が土間へ一ト先積んだだけの米　　三村叱咤郎
年貢も納まらぬ父の顔見て病んでいる　　上野冬生
酔えば地主をののしる父も死んでしまった　　横山不二
小作米の代りに馬を持ち行くと地主は今日のあさけに来し　　絵川善蔵

三村叱咤郎の川柳の題材を、小作人の子供の心情に託したのが南条芦夫の詩「小作人」である。子供は自分が担ぎ込んだ半分にも満たない米俵を見て父に訊す。父は地主とのとりきめを子供に話すが、子供は納得しない。それよりお前、今夜地主の家で収穫祝いがあるから「早くおっかあを呼んできな」という。

利発な小作人の子供なら、このような疑問を抱くにちがいない。地主に反抗できない父に、「行っちゃいけねえ、お父！頼むだぁ」と、泣きながら父に訴えることもしただろう。父の無力が悲しくてならなかったはずだ。

父が地主に反抗できなかったのは、地主と小作人が、農地の貸借という対等な経済契約で結ばれているのではなく、身分関係によって、小作人が地主に隷属していたからで、地主の専横や尊大、小作人の卑屈や阿諛はそこから生まれた。小作人の抜き難い奴隷根性は、まさに金子光晴の詩「奴隷根性の唄」そのものであった。

東北農民の困窮が最も酷かったのは、寄生地主制に加えて、苛酷な寒冷地であったからである。オホーツク海の冷気をたっぷり含んだ東風《やませ》が、容赦なく春から夏にかけて、東北地方を襲う。いわゆる「寒い夏」で、農民はこの季節でも綿入り半纏を離せなかった。出穂期の稲は冷害によって萎え、殆んど蘇生しなかった。旱魃と並び、農民が最も怖れたのがこの冷害であった。

特に酷かったのが一九三四年で、東北農民は打ちひしがれ、饑じさに苦しんだ。山形在住の結城哀草果は、その惨状を次のように詠んだ。

小学校増築祝にさわげども田を奪はれし小作幾人《いくたり》

貧しさはきはまりつひに歳ごろの娘ことごとく売られし村あり
ヂフテリヤに血清注射利くといへ金なきゆゑに死ぬ児の多し
小作米に足らぬ俵をなげきしが老いし農夫は床に臥しけり
暗きより諸肌ぬぎて土を掘る村の誰彼土工となりぬ
五百戸の村をしらべて常食に白米食ふが十戸ありやなし
二百八十六戸の村より二百二十六人の出稼ぎありてひそけきごとし
十一になりし少女が子守に雇はれゆくをよろこびてをり
南瓜ばかり食ふ村人の面わみれば黄疸のごとく黄色になりぬ
欠食児童を受け持つ教師らが俸給寄付を申し出たり

哀草果は一家をなした歌人であっただけに、さすがに手堅く詠んでいるが、それでも当時の彼の自然詠と比べると破調が見られるのは、題材の重さのためであろう。

「欠食児童を受け持つ教師」の一人が、同じ山形で暮らした遠藤友介で、彼は大熊信行（経済学者）の自由律短歌誌『まるめら』に拠って、欠食児童のことをよく歌にした。

ひるめし　けふも　もたないおまへ　オラヱノ　オ母《ガガ》ママガガダハゲヨウといふ　もうなみだにむせんで（註・ママガガは継母）

しかたない　がつこぬけんべ　ひとりかせぎの　お母《かあ》のあほざめたかほ　おれも　あすから
　コンニヤクうりだ
ぬまのひかりを　みるたびごとに　死にたくなると　おまへはいふ　おまへは　まだ十四さい
の　少女ではないか
おつかあは　はらいたで　ごはんたべられない　とうふくたい（食いたい）と　いふに　かへ
ないの　とほくへいつてしまつた　らつぱきいてゐて
「ことしは　三〇ヱンで　たかぐうれだよ」となみだのんで　子どもうつたはなしするははお
や　そのみだれがみに　まつしろいわらぼこり
「す足で　つめたく　ないか」ときくと、につこりして　あたらしい足袋　はかずにふところ
に　しまつてゐの「これ」とみせてくれた

遠藤友介が定型短歌から自由律短歌に移ったのは、同郷の大熊信行の影響もあると思うが、身売りや「欠食児童」を常態とするような現実を、従来の短歌的抒情で表現することに疑問を抱いたからだと思う。その点で、詩に転じた真壁仁に共通するものがある。
岩手の森佐一も同じ題材を「山村食料記録」で、まさに記録として呈出した。

岩手県九戸郡山根村

家族、十五歳以上四人以下五人
八月二十四日から
同じく三十日迄の食糧記録

二十四日　ひえ一合、麦五合、めの子（こんぶの粉）二合　△朝、きうりづけ、ささげ汁
△昼、朝と同じ　△夕、麦かゆ、生みそ（ペロペロなめる）
二十五日　ひえ一升、大豆五合　△朝、きうりづけ、ささげ汁　△昼、芋の鍋ふかし、生みそ　△夕、ひえのかけ、きうりづけ
二十六日　ひえ七合、麦五合、ならの木の実一升　△朝、ならの木の実、ひえのかけ、きうりづけ　△昼、朝と同じ　△夕、麦かゆ、とうもろこしの鍋ふかし、菜つぱづけ（以下三十日まで類似の記録が続くが略）

一見、素っ気ない日録のようだが、作者は抒情を意図的に排する方法を通して、異常な日常を訴えようとしたのかもしれない。その点で、井上俊夫の詩「惣七家出一件」にも通じる。とすればこれもまた一つの詩的形象化といえないこともない。

酔へばすぐ娘自慢を口にする五作の娘も売られてゆくか　　山口金太郎

たつた一年の作はずれでも十九年育て上げたる娘売るのか　中村孝助

困窮農民を救済できなかったのは、明治以来の「富国強兵」政策に淵源がある。周知のように、明治の藩閥政府は、農民を収奪するという資本の原始的蓄積によって、近代国家の創建を図った。農民を絞るだけ絞り、産業を興し、軍隊を創設した。「富国強兵」である。基本的人権の保障に基づく、社会保障政策を伴わない近代化であったため、農民と労働者は重圧に押しつぶされ、生活苦に喘いだのである。近代日本の宿痾は昭和においても治癒できず、破滅に向って急坂を転げ落ちていく。

自《し》が国の貧しさ思はず兵強きことをほこりて足れりとするか　山本友一
列国の驚異となれる艦《ふね》をもて日本の民は貧乏をしをり　渡辺周一

政治が国民の窮乏を救わず、棄民のように放置しておく以上、国民は自分で自分を守るしかなかった。子供が産まれると「間引」したり、早くから子供を「子守奉公」に出す家庭が、昭和に入ってからも絶えなかった。義務教育を了《お》えた少年たちの多くは都会に出て丁稚や職工になったが、少女たちは紡績工場で働く人が多く、「女中奉公」する人も少なくなかった。昭和飢饉の時代には身売りされ、苦界に身を沈める娘のあったことは、前出の結城哀草果や遠藤友介の短歌から、その一端をうかがうことができる。「娘売りて甲斐なき命生きんよは餓ゑて死ねよといきどほろしも」「をとめごのかぼそきいのち売られゆきはらからが餓ゑをみたさんがあはれ」(以上穴沢赳夫)も悲痛である。

農村の多くの娘たちの職場となった紡績工場は明治以来、劣悪な労働環境、苛酷な労働によって悪名高い。「工場は地獄で、監督は鬼よ」という俗歌にもなったし、その無権利状態は細井和喜蔵の『女工哀史』に記されて鮮烈である。

うら若い娘のからだをくさらして製造してゐた国産の絹　浅野純一
よそ郷《くに》に糸とり暮らしし妹は顔色しろくやせて帰りぬ　斎藤　薫
製糸工場にて二度まで喀血せしといふ娘は痩せて村に帰れり　静谷春夫
日暮には血の気なくなりて汗ながす女工にわづかの日当をわたす　柴谷武之祐
午前六時より働き続くる女工手の一日《ひとひ》の食費十五銭なる　中野節太郎

鶴彬は川柳を武器として、紡績資本家の非人間性を暴いた。

仇に着す縮緬織つて散るいのち
玉の井に模範女工のなれの果て

監督に処女を捧げて歩を増され
子を産めぬ女にされた精勤証
もう綿くずも吸へない肺でクビになる
紡績のやまひまきちらしに帰るところにふるさとがある
みな肺で死ぬる女工の募集札
話にならぬ日給で吸はされる綿ほこり
吸ひに行く　姉を殺した綿くずを
嫁入りの晴衣こさへて吐く血へど
ふるさとは病ひと一しよに帰るとこ
修身にない孝行で淫売婦

玉の井とは東京下町の私娼街であり、病気（結核）で帰る故郷は、会社から捨てられた女工たちが臥す床であり、命の散り場所でもあった。彼女たちを救う社会保障政策はなく、看取るのは家族であった。病気の殆んどは過労と栄養不良、綿埃、湿気などの劣悪な労働条件、居住環境に原因する結核であったから、死に至る病いであり、治癒できたとしても病臥期間は長く、青春を闘病に費やさねばならなかった。貧乏な家庭では満足な治療もできず、ただ死を待つほかはなかった。仮に医者にかかれたとしても、医療費が家計を圧迫し、家族の負担を増していった。青年の死亡率の最も高い結核は、与える影響が大きいだけに大きな社会問題となった。

Ⅲ

凶作でなくても、寄生地主制の下では、農家の次三男たちが暮らしていけるだけの農地はなかった。彼らの殆んどは都市労働者となるか、辺境に開墾地を求めるしかなかった。開墾という言葉は、西部劇のイメージもあって雄壮飛躍と映るが、実際は逃散農民の最後の行き場所で、土地は痩せ、耕作に適せず、気象も酷烈であった。当然、開墾者は疲労困憊し、疾病に苦しみ、将来に絶望した。にもかかわらず、政府の棄民政策を隠した甘言に乗せられ、新天地に活路を求めた人も多かった。藁をも掴む心情になるほど、生活は逼迫していた。農民が異国（郷）に移住するのは、よくよくの事情があったからである。

泣きたさのきはみの胸をたへてをりドラは三度をなりひびきつつ　山本茂登子

はたらくにつとめはあらねちちははのくにゆこぼれていづくにゆかむ　高津天蕾

満州のやせしわらびのほろ苦さ汁の実にして今朝食《た》ぶれば　伊藤千鶴子

病める子を担架に乗せて下船する我がむらぎもの千切る思ひに

井戸端に血を吹きし手を洗ふなり移民の悲しさ言ふこともなく　以上酒井繁一

山本茂登子の歌のドラのひびきは、作者の鳴咽そのもので、酒井繁一の「千切る思い」と同質である。流浪の民の嘆きは高津天蕾の歌に切々と流れる。まさに移民は父母の国から「こぼれて」いくことであった。そういう断腸の思いを断ち切るように、作者は「原生林を伐る」ことに専念したはずである。自分を酷使することが、貧しい民にとって傷心や懊悩を忘却する唯一の手段にほかならなかった。

酒井繁一の「井戸端に血を吹きし手」から私は、福島県の小作開拓民三野混沌を想起する。三野も「土をひびかす／手は血を吐いただ」という詩を書いていた。三野は窮乏農民ではなく、中農の三男で旧制中学を出ており、開拓農民にならなくても暮らしていけたはずだが、内面に固執する独白型の性格のため、組織のなかで生きることが性に合わず、農業を選んだ。農業を最も自然で自由な職業と考えたからである。彼の生家には、彼に分けるだけの農地はなく、やむなく、近くの寺の山腹を借りて開墾生活を始めた。小作開拓者であったが、それでも彼が、希望に燃えて開墾生活に入ったことは、当時のノートや詩の断片からもうかがうことができる。「わが力猶余りあり。原始的のわざ、原始的の生活、こはもとよりわが生来の望ましきところ、愉快である」というところに、土との共生を目指した彼の思想が躍如としており、弾む息遣いが感じられる。

からだじゆうに　実がとびあたる
からだじゆうに　動物はむらがる

私は無数のものにつくられ　無数のものをつくる

＊

汝は面に汗して食物を食ひ終《つひ》に土に帰らん
其は其中より汝は取れたればなり

＊

おれは
ふるさとの、煤ぼけた竈《かまど》の上の道具掛から鋤を下して出た
おれは　昔まんまの山に
静かに上つた
おれは霊物だ
自然といふ自然は唯それのみだ
おれは何にも信じない
それでいい　それでいい　それでいい
おれは山の上に突っ立つてゐる、働いてゐる唯それだけ

おゝ真熱
よい物がどしどし産れ出てゆく

しかし、現実とはそれとは裏腹であった。酸性土壌のため、「よい物がどしどし産れ出てゆく」というのは夢物語で、自活すらできず、何度も生家の援助を受けねばならなかった。普通の自作農でさえ農業で暮らしを立てることは容易ではない時代、小作開拓の道を選んだことがそもそも無謀であった。そういう現実を反映して、彼の詩からも、次第に明るさと溌剌さが失われてゆく。

三野混沌と同郷で、詩友でもあった猪狩満直も、義父との確執に耐えられず、肥沃な在所の農地を捨て、北海道庁の口車に乗り、開拓農民となった。が、そこは阿寒地方の泥炭地で営農に適せず、苦闘数年、将来に見切りをつけた彼は、二束三文で土地を売り、蹌踉と家郷に帰らざるを得なかった。無責任で杜撰な開拓事業の食い物にされたのである。彼は開拓生活を詩集『移住民』に描いたが、そのなかから「雪の中で」を抜く。

さあ
来年の種物まで売つて了はねばならない
この貧乏百姓
人間の生活なんかありやしねい
小屋いつぱいの寝床さ
子供は雪の中に一日中つなぎ馬だ

おれだちはからだごしらぶちこんでその日を送る
夕べぐつたり疲れて床にぶんのめる死人だ
寒気と飢えと　否
おれだちは土の親しみから引きはなされた
…………
甘い夢をむさぼる奴はむさぼれ
おれだちには火のやうな呪がある
おれだちには石ころのやうな決意がある。

詩「吹雪の夜の会話」の子供への励ましが、自らへの励ましであったことはいうまでもない。が、その励ましも長くは続かなかった。そして、その苛酷な暮らしが、「おれだちは土の親しみから引きはなされた」という絶望となってゆくのである。彼にとって「土への親しみ」はもはやロマンティシズムにすぎない。

Ⅳ

窮鼠猫を噛む、の喩えがある。いかに農民が柔順であり卑屈であっても、生活と生存が脅かされ危機に瀕すれば、勇を鼓して立ち上る。昔からそうであった。一揆と呼ばれたその反抗の報いは厳罰であったが、農民はそのことを十分に承知しながら、支配層に抗してひるまなかった。そのなかで独創も生み出した。例えば嘆願書に名を連ねる場合、誰が発頭であるかを隠すため、右から左へではなく、丸く輪にして書いた。山形にあった輪《わっぱ》一揆には、そうした農民の知恵が生きていた。近年の濁酒《どぶろく》隠匿にも、巧妙にあの手この手が用いられた。一九二七年から三三年までの小作争議件数を順次挙げれば、二、〇五三件、一、八六八件、二、四三四件、二、四七八件、三、四二九件、三、四一四件、四、〇〇〇件となる。日中全面戦争の勃発した三七年には六、一七〇件にも達している。

このうち漁民、農民など二百数十名が加わった千葉県銚子市近郊の高神村一揆が、詩との関係で特筆されねばならない。

発端は一九二九年に完成した外川港改築工事に、使途不明金二万円があったことである。釈明を求める村民に村当局は満足に応えられず、村民の怒りはたぎり、ついに翌年九月六日夜半、村長宅や役場、駐在所などへの襲撃にまで発展した。検挙者百四〇余名、うち起訴された者三九名という大事件で、最も重い者で禁錮七カ月、軽い者で懲役三カ月の判決が下された。ただし一名は無罪。

この高神村一揆を詩にしたのが神崎豊太郎と伊藤和であるが、ここでは伊藤の「高神村事件のときの詩」を写す。

野原の芒のやうに騒ぐあいつ等はゲートル巻きサーベルをがちやつかせた
野菊がいちめんに咲いたそんな処にさへ卓上電話が置かれ
受話器を通して××に犯人は間断なく報告された
報告する蒼白な顔達あいつ等の卑賤な口髯は軽蔑されていい
子供達は叩きこはされた役場や駐在所や山口藤兵衛の家を見に行き万歳を叫んだ
万歳をあいつ等はサーベルをがちやつかせ追ひ散らすのである
あいつ等がおいらのおとつさんや兄さんを縛つた
そして子供達は憎しみを見る

（略）

後に学校の或るチヨビ髯が子供達に向つて口走り言ふ
　諸君の父兄があんな騒擾事件を起したことはまつたく憂慮にたえないのです　全く法律を
無視したことです——軽くて罰金になるでせう　或は監獄に行かなければなりません　と
そいつのベラ言は子供達を侮辱する
で　またチヨビ髯は口走り憂慮にたえないのですと薬をきかせる
よし　子供達は反対につぶらかな瞳を持つて見る
チヨビ髯がいふ法律を無視したことですは奴隷の雑言である

忍耐をづうつと土の底で噛みつゞけ　汚れてゐない血脈！それを知つてるか
今日あつた事件の断固たる精神！
子供達は感受性の強い瞳をかがやかし見る　そして
叩きこはされた役場や駐在所や山口藤兵衛の家を見に行き万歳を叫んだ
だから　それらを根絶やしにせんとする教育が百パーセント強からうか？
違ふ　子供達は断固たる精神を理解する

そこで部落の男はみんな犯人だ！
明日も明後日もあいつ等野原の芒のやうに騒ぎ検挙の網を引つぱり廻せ
受話器を通して××に犯人は間断なく報告される
それがあいつ等の寝ざめに心地よさを思はせ支配の手が癒る
再びぶりかへし来るあいつ等の手から
われわれはその手から断じて逃走しない
そいつに逆流する逆流する
おゝ　われわれは幾度も信ずることについて行ふ！

伊藤和はこの事件に参加はしなかった。調べて書いたもので、生硬さは免がれない。「高神村事件のときの詩」は、事件の翌年、伊藤和や田村栄が出していた雑誌『馬』に掲載された。そのために彼らは不敬罪、治安維持法、出版法違反に問われ、伊藤は懲役二年、執行猶予四年、田村は懲役二年の実刑を受けた。いわゆる『馬』事件である。権力の専横はそこまで進んでいた。

伊藤の詩ではそのほか、西瓜作りの農家の子供が、「はらをてんてんたたくまで」西瓜を食えない貧しさをうたった「すいか」が秀作で、「かんかんてりますから」「どこのガキも　おなじことです」などの敬語調に、彼の人柄がにじんでいる。

生硬な観念性や思想性にとらわれず、農村や農民をリアルに描いたのが萩原恭次郎の「もうろくづきん」である。萩原の在所は群馬の農村であったから、大正末期の『赤と黒』時代から農村詩を書いていた。次に示す「畑と人間」（部分）はその頃の作品である。

稲は刈られ
十二月は来た
空気は裂けて痛い
乏しい取り入れ後の畑に
野鼠は日向のとぎれ間を
くずれた崖穴へ
稲垣を傷め走つてゐる

土は飢え渇いて
固い野草の種子は残り
埋められる麦種子は霜げる
課税が重く　苦しまぎれの咳をしてゐる畑
大鎌を握つて立つてゐる人よ！

「課税が重く……」のくだりに、ダダイズムや未来派の手法で読者を眩惑した詩集『死刑宣告』の作者らしい片鱗がうかがえる。出稼ぎの貧農をうたった「もうろくづきん」は手堅いリアリズム詩である。

二、都市の種々相

I

農村に深い傷痕を残した昭和初期の経済恐慌は、都市をも同様に襲撃した。職場を追われる工場労働者、店員、職人などが相次いだ。失業を免がれた労働者でも、昇給停止や賃金切下げに耐えねばならなかった。今のように基本的人権の確立していない時代で、失業手当や最低賃金法などの労働保証を受けられず、失業者は路頭に迷うほかはなかった。産業構造が農業主体で、企業の数も種類も少ない社会では、工場や会社は「狭き門」であった。「大学は出たけれど」「ルンペン」などの言葉が流行したのもこの頃で、内閣統計局調査による「職員労働者失業者数は別表1の通りである。この表を掲載した遠山茂樹他『昭和史』は、「官庁統計では一週間のうちにすこしでも収入のある仕事についたものは、失業者ではないと見なされた。だから実際の失業者数はこの数をはるかに上廻るものである」と注記している。

都市人口の増加は、近代化に伴う各種産業の発展によるものだが、特に第一次世界大戦の特需景気がこれに拍車を駈けた。別表2の「都市人口の増加」は、当時の「国勢調査」に基づく。（中村隆英『昭和史Ⅰ』東洋経済新報社）

第1表

年　次	人　数
1929年9月	268,590人
1930年9月	395,244人
1931年9月	425,526人
1932年9月	505,969人

第2表（総人口に対する比率、％）

年次	全市の人口	人口5万人以上の市町村の人口	人口20万以上の市の人口
1920年	18.9	15.9（23.9）	9.9
25年	21.7	20.5（26.4）	11.2
30年	24.1	24.8（28.5）	13.0
35年	32.9	30.8（30.8）	21.2

都市に労働者を供給したのは農村であるが、その労働者の多くが、第一次大戦特需の消滅と、昭和初期の経済恐慌によって解雇された。

彼らの低賃金と身分の不安定は、農村の寄生地主制による高率小作料や、農民の貧困と表裏一体の関係にあった。地主対小作人という農村の身分関係は、そのまま都市の経営者対従業員の構図ともなった。加えて経営者や為政者は、都市労働者にはいざとなれば彼らの面倒を見てくれる家郷がある、という自分勝手な言い分で、失業者や困窮労働者の生活保障に無頓着であった。

が、前章で見たように、農村も喘いでおり、農民は出郷した子弟を受け容れるだけの経済力を持たなかった。したがって前掲書で中村隆英が、これにかかわる柳田国男の「新進気鋭の浜松の市でも、」「口に離れた職工たちを国に還す為、町の有力者が旅費の金を、慈善家から集めて居ると云ふ噂である。旅費も無いやうな貧乏な家族に、還って来たぞやれ楽やと云ふやうな、結構な故郷があらうとは一寸信ぜられぬ。送還は果して彼等の救済であるや否や。……」(「武器か護符か」『秋風帖』所収、『定本柳田国男集』第二巻)という疑問を引用しているのは当然で、当時も真摯で誠実な人々はそう考えたろう。

農民や都市労働者の貧困は、国民総体の購買力を著しく弱める。これは国内市場を狭隘にすることと同義で、このため日本資本主義は、商品の販路を海外に求め、安い労働力による低価格商品の輸出、いわゆるソーシアル・ダンビングのため、相手国の民族資本を圧迫したり、先進輸出国との貿易摩擦を引き起すに至り、これが戦争の一因となった。

民衆はこれまで、自分の感情を表現する手段としてしばしば短歌形式を活用してきたが、貧しい暮らしを強いられた昭和初期においても短歌は、感情生活の表出に役立った。『昭和万葉集』巻一と巻二からそれを写す。

明日の米の代にも足らぬ売り上げをふところに帰る夜も一時頃　曽我和重

お米も炭ももう無くなつたと妻がいふ、こつそりといふ、朝の出がけに。　花岡謙二

児童等《こども》にくれてしまへばあまりなし夕げは食べず我いねにけり　中村美穂
飯食《は》までですごす時あり妻の乳の自づから出ねばひた歎くらし　小口金一郎
世の中に生くるは難し我に薄き月給をなほ下げんと云ふか　玉居子　寿
手を足を赤くはれあがらして今年十二歳の労働者が工場の中でしぼられてゐる　大瀬幸一

以上は巻一から抽出したもので、直接には失業や求職をうたってはいないが、生活苦という点では共通する。人々は窮乏の暮らしのなかで、子供を守り、妻をいたわる。大瀬幸一の歌の「十二歳」は数え年で、当時はこうした少年（少女）労働が珍らしくなかったのである。もちろん労働基準法はなかった。日本人労働者以上に、苛酷な労働条件のもとで辛酸をなめたのが朝鮮人労働者である。

東京駅前に　深夜きて見ろ　くらがりに　鮮人むらがり　石掘りかへす　大熊信行

行きどころのない冬を追つぱらわれる鮮人小屋の群れ
母国掠め盗つた国の歴史を復習する大声
半島の生まれでつぶし値の生き埋めとなる
ヨボと辱しめられて怒りをこみ上げる朝鮮語となる
鉄板背負い若い人間起重機で曲る背骨　以上鶴彬の川柳

朝鮮土工怪我しこやれり朝鮮の言葉出してうめくあはれさ　熊谷太三郎
四五人の土工姿の鮮人のまもれるのみの柩通れり　高橋雄峰

当時、朝鮮人は日本人から「鮮人」「半島人」と呼ばれ蔑視された。以上の作者たちに蔑視感があったかどうかは別にして、「鮮人」「半島人」は広く使われていた。日本の苛酷な植民地政策によって祖国では食えず、やむなく日本に渡来した朝鮮人にはまともな職はなく、土工や屑屋をして粥をすすった。その生業によって一層、蔑視されたのである。

すでにひさしき昇給停止を思ひつつ夕凍みつく道をかへり来　高木　新
鳥の目の如くにめをばしばたたき馘になりしと告げ給ひつる　大下三雄
失職して妻をカフェに働かせるありふれたくるしみが友を死なせり　滝沢八郎
きさらぎの宮城野の風に紙鳶上げて失業の人は子らと遊べり　海藤喜代子
い対《むか》へる人の刹那の眼の動き素早く見たり履歴書を捲く　山本雄一
思ひ出してここに来ればベンチの上昼を眠れる男ありけり　阿部豊三郎
親々よ幾世継ぎけむ貧窮に歪みし相貌《かほ》は我も持つなり　森早稲穂
貧しさを子は幼くて知りをれり丁稚に行けと云ふをうなづく　桐田蕗村
何による貧しさならむ夏もなほ夜業つづけてかく貧しきは　竹村利雄

病父《やむちち》のねむれる室にきこえくる執達吏のこゑは誰はばからず　柴谷武之祐

人住まぬ広き屋敷の門の下にルンペン二人この朝を寝たり　寺島英亮

これらは巻二の作品だが、巻一以上に深刻である。海藤喜代子の「きさらぎの……」——失業中であるだけに父の胸中は遊んではいまい。当事者の歌ではないが、切なく迫るものがある。山本雄一の「い対える」と同じ体験をしたことが私にもあって、この歌は身につまされた。森早稲穂の歌も同様で、私もまた日頃、自分の「相貌」の卑しさを、「幾世継ぎけむ貧窮」にかかわっている、と考えている。同じ巻に収められた清水千代の歌に、「職工等未拂賃金取ると来ぬ家内にひびくその荒きこゑ」「職工等いひつのれども腹立てず言葉尽せる夫は忍べり」があるが、零細企業では労使とも辛く悲しい。みな偽りない民衆の嘆きであり、悲哀である。

俳句は季題と字数の制約から、短歌ほどには感情の吐露はできないが、凝縮と飛躍と即興によって独自の表現空間を造る。

屋根屋根の夕焼くるあすも仕事がない
資本へ朝の電車へ自分で自分を詰めこんでくる
ばい雨の雲がうごいてゆく今日も仕事がない
貧乏な風の東京は風煤の空の色です　以上栗林一石路

寝ても無職起きても無職のからだに風がきて吹く　以上橋本夢道

この時代を代表するプロレタリア派の作品だけに水準は高い。感情に流されない俳句の利点が生かされている。季題の制約のない川柳はその点、批判や諷刺が直接である。

内職の糊篦《へら》寒く角火鉢
烟突は朕の富なり百万戸
ヨイトマケ背に寝る子の子守唄
天国は近し教会裏で餓死　以上井上剣花坊
軒低うお襁褓へ秋の風が寄り
吹き消されまいとこころの灯をまもる
踏まれても地下へはびこるあざみの根　以上井上信子

井上剣花坊の「内職の糊」「ヨイトマケ」はいずれも主婦が主人公で、作者の庶民への愛情がにじんだ佳吟である。「烟突」は、民のかまどの賑わいに満足した仁徳天皇の故事にからめて、現在の支配体制を批判したものであろう。「教会裏で餓死」は「天国」に掛けた言葉だが、窮民を救うことのできないキリスト教の偽善を衝いて鋭い。これは井上信子の「満ち足りた人だけ神を知つてゐる」と通底する。紹介した井上信子の句には、自分の良心に忠実に生きようとする真摯な姿勢が強烈である。彼女の権力批判は、「官服の奴隷となつて餌を貰ひ」「気狂ひだといふて真理へ縄をかけ」などに躍如する。その批判精神を私どもはあとでも見ることができる。権力から迫害された鶴彬を支えたのも井上信子であった。

Ⅱ

失業といえば、伊藤信吉の『逆流の中の歌』（泰流社）によると、萩原恭次郎の個人誌『クロポトキンを中心にした芸術の研究』第一号（一九三二年六月）巻末の消息欄には、小林定治、坂本七郎、南小路薫、石田小三郎などが失業中だと記されている。植村諦は放浪中で、前出の雑誌『馬』事件に連座した伊藤和と田村栄は服役中とある。また山之口貘の年譜（『山之口貘詩文集』、講談社）の一九二九年（二六歳）のくだりには、「佐藤春夫が『山之口君は性温良。目下窮乏ナルモ善良ナル市民也』という言葉を名刺に書いてくれ、警察の不審尋問に役立つ」とある。山之口の貧乏は有名で、ずっと後の作品になるが「襤褸は寝てゐる」（一九四〇年）から、その一端をうかがうことができる。（二〇代も三〇代も貧乏に変わりはなかった）

野良犬・野良猫・古下駄どもの

入れかはり立ちかはる
夜の底
まひるの空から舞ひ降りて
襤褸は寝てゐる
夜の底
見れば見るほどひろがるやう　ひらたくなつて地球を抱いてゐる
襤褸は寝てゐる
鼾が光る
うるさい光
眩しい鼾
やがてそこいらぢゆうに眼がひらく
小石・紙屑・吸殻たち・神や仏の紳士も起きあがる
襤褸は寝てゐる夜の底
空にはいつぱい浮世の花
大きな米粒ばかりの白い花。

この詩は貧乏を直接、つまりリアリズムの手法では叙述していない。自分を襤褸とし、野良犬や古下駄、小石や吸殻たちと同質なものとして客体視している。湿潤と詠歎の短歌的抒情の対極にある。そこに山之口貘の詩の特徴があるといえよう。この詩のユーモアは自分を一個の物質として客体化したところから生まれた。それにしても、星を「大きな米粒ばかりの白い花」という修辞は意表を衝く。いや、切実である。

今でも詩はマスメディアには乗らない。発表の舞台は小部数の詩雑誌か詩集が殆んどである。それら詩の読者は詩人か、ごく限られた詩の愛好者で、広汎な層には及ばない。したがって詩人が、詩だけで生計を立てることは至難で、大抵は別の職業に就いている。まして昭和初期は不景気で、生業のある人でさえ四苦八苦の状態であったから、定職らしい定職のない若い詩人や、詩人予備軍の困窮は想像に余るものがあった。草野心平は当時を振り返り、「生存はあったが生活はなかった」といっている。それは独り心平だけではなかった。その心平は、蛙に託してみずからの貧しさを、「秋の夜の会話」に叙した。

さむいね
ああさむいね
虫がないてるね
ああ虫がないてるね
もうすぐ土の中だね

土の中はいやだね
痩せたね
君もずゐぶん痩せたね
どこがこんなに切ないんだらうね
腹だらうかね
腹とつたら死ぬだらうね
死にたくはないね
さむいね
ああ虫がないてるね

この詩の特徴は漫才のような会話体にリズム感とユーモアがあり、簡潔なことであろう。心平のやさしい一面と、技術を重視した作詩術が汲み取れる。それにしても、「切ない」という言葉は心や胸にかかわるのが普通だが、「腹だらうかね」というところに、心平のアニマリティ(動物性)と、生活の窮乏がうかがわれる。前出の山之口貘の「大きな米粒」に共通する。ただ心平は半面で大変激しい性格を持っていた。「ヤマカガシの腹の中から仲間に告げるゲリゲの言葉」や「風邪には風」などに、それが横溢している。

蛇に呑まれた蛙のゲリゲは、「そしたらおれはグチヤグチヤになるのだ/フンそいつが何だ/死んだら死んだで生きてゆくのだ／おれのガイストでこいつの体を爆破するのだ」（「ヤマカガシの……」）と、また田舎落ちした貧乏詩人は、「雪の赤城は立派だと思つた。／まつすぐに行け／風邪には風。／痔にはブラン。／胃には沢庵。／あらゆる病共に対しては渦巻く熱烈で対陣するのだ。」（「風邪には風」）と、意気軒昂であった。

小熊秀雄の困窮も山之口貘に劣らぬもので、彼の詩「都会の饑餓」は赤貧の生活を直接うたったのではなく、「雑踏よ、都会の雑踏よ。／私は終日美しい痙攣のために身悶へし」「呆然として、車道、人道いりみだれた、／埃で組み立てられた十字路に、まるで獣らしい憎しみをもつて凝視する。」という情景と生活感情に「都会の饑餓といふものの正体」を見ているのだが、その根底には彼の赤貧がある。岩波文庫版『小熊秀雄詩集』の「編者あとがき」で岩田宏は、小熊の赤貧ぶりを、夫人や杉浦明平の回想記によって詳述している。

今にして思えば、昭和初期の貧乏詩人たちが何とか苦境を切り抜けることができたのも、相互扶助の気持が強かったからにちがいない。それは必ずしも無政府主義の教典であったクロポトキンの『相互扶助論』の影響だけとはいえない。まだ軍国主義が猛威をふるうに少し間のある時代の、一種のゆるんだ空気といったらいいか、浪漫といったらいいか、今ほどに人間関係がギスギスせず、アットホームな時代の性格ともいえようか。心平なども平気で仲間の下宿に押しかけ投宿した。その逆もあり、誰かの下宿や家が梁山泊の趣を呈した。心平や真壁仁は、他人になどかまっている余裕がない暮らしにかかわらず、仲間の詩集のために原紙を切ったり、安い印刷所探しの労を惜しまなかった。もっともそれは、生活費も安く、周りも貧乏で、暮らしやすかったことにも一因している。放浪詩人という言葉が生まれたのもこの時期である。伊藤信吉は大江満雄や坂本七郎を、その型の詩人とみる。辻潤はその果ての野垂れ死にであろう。

Ⅲ

都市を象徴するものを思いつくままに挙げると、工場、盛り場、百貨店、電車、自動車、集合住宅、ビルディング、大群衆などが並ぶ。形のないものに騒音や売り声などがある。機械音は騒音とみていい。物理的には、力学、ダイナミズム、スピーディを特徴とする。

こういう都市社会のなかで生きる人間の美意識、美的感受性、感覚、末梢神経などは当然、採取狩猟社会、牧畜社会、農耕社会のそれとは変ってくる。都市工業化社会のなかで生きる芸術家が、新しい時代と社会に即応した表現や修辞や手法を模索し、実験を試みたのは当然である。イタリア未来派のマリネッティは、機械や速度感、総じてダイナミズムを導入しようとして、従来の表現法を壊し、記号化した名詞の羅列のような詩を作った。二十世紀以降の小説は、一方で心理主義の傾向に走ると同時に、ニューズ映画のようなドキュメンタリーを大量に生み出した。心理主義文学はダイナミックな都市社会を、文学表現することの不利を悟った作家が、人間内部の探索に活路を発見したことに一因している。構成主義も都市社会、科学技術社会が生んだ芸術流派であろう。

昭和初期、ある新聞社が、歌人たちを飛行機に乗せ、飛行中の印象を作歌してもらい、紙上に載せたことがあった。どの歌人の歌も、短歌的抒情の枠をはみだし、破調となった。斎藤茂吉は「電信隊浄水池女子大学刑務所射撃場塹壕赤橋の鉄橋隅田川品川湾」土岐善麿は「上舵、上舵、上舵ばかりとつてゐるぞ、あほむけに無限の空へ」といった調子で、「……なりにけるかな」の常套では、飛行機のスピード感や、瞬時に視界から消える地上の光景を、臨場感をもってとらえることはできなかったろう。自由律短歌や無季題俳句が提唱されたのも、産業構造、社会生活の変容、意識や感性の変化が主因であった。

ルンペンの昏の微光が闇に動く
起重機を運転《めぐ》らす顔のしかと剛さ
昇降機吸はれゆきたる坑《あな》にほふ
蒼穹にまなこつかれて鋲打てる
鳴りひびく鉄骨の上を脚わたる
一塊の光線《ひかり》となりて働けり
生産に悲しき死が沈んでゆく
縋りつつ都会に胸に癒えもない

以上篠原鳳作

重役が人間の愛を奪つてゐた　以上横山白虹
鉄工葬をはり真赤な鉄うてり　以上細谷碧葉
公傷の指天にたて凪のなか　中谷春嶺
赤き日にさびしき鉄をうちゆがめ
汗の目がベルトに巻かれまいとする　棟上碧想子

プロレタリア派にも当然、都会感覚の俳句が現われる。

煙突の林立静かに煙をあげて戦争の起りさうな朝です　橋本夢道
日まわりたけ高くまひる鉄を打つ少年
暗い機械ががなりたてて引つぱり込まれる様に眠い　以上上野冬生

プロレタリア川柳にも、「世帯苦をずらり並べた物ほし場　中島国夫」「日の丸へ淋しく笑ふ裏長屋　鴻池芥兆」のような句が多くなる。無季題や社会性を盛り込んだ新興俳句運動が起ったのは、定説によれば一九三一年だが、大体その頃から短歌や詩の世界でも、都市や機械のダイナミズムをうたう作品が目立つようになった。

照り白き埠頭に大き影落しクレーンのバケット突如交ふ　　横田　勇
炎《ほ》むらたつ巨き鋼鉄《ビレット》かるがると吊りはこびきぬ轟くクレイン　　国井　稔
夕ぐれし木立の中の工場に鉄裁《き》る酸素のひらめき立てり　　内藤俊夫

これらの作品はいずれも、クレーンや酸素熔接という機械作業そのものをうたっているが、次に示す土屋文明の作品は、機械文明の持つ専制力、一つの全体主義への恐怖感をうたって、そこに現代社会の陰を凝視する。他の作者にない視点である。

吾が見るは鶴見埋立地の一隅ながらほしいままなり機械力専制は
横須賀に戦争機械化を見しよりもここに個人を思ふは陰惨にすぐ
無産派の理論より感情表白より現前の機械力専制は恐怖せしむ

詩に移ると、やはり小野十三郎作品の紹介から始めるのが順当だろう。

その下にあるものの血を湧きたゝせ
それにたち向ふものの眼を射すくめる俺たちの仲間
機関車は休息のうちにあつていさゝかも緊張の度をゆるめず

夜ふけて炭水車に水を汲み入れ　石炭を搭載し
懐中電燈もて組織のすみずみを照明し
浮いたねぢの頭をしめ　喞子《ピストン》に油をそゝぎ
つねに巨大なる八つの大働輪を鋼鉄の路において明日の用意を怠らず
前燈を消して
ひとり夜の中にある

——「機関車に」

機関車そのものへの微視的描写を通して、働く者の緊張感と夜の静寂をうたって、職場と機関車のダイナミズムを活写している。

小野十三郎は芸術革命を標榜した『赤と黒』（一九二三年一月創刊）におくれて加わった。この頃の小野は詩的アナキズムの圏内にあった。が、生硬なイデオロギー詩や、湿潤に溺れる抒情詩から遠く距離を置き、硬質の抒情とリアリズムの手法を早くから身につけ、それを最後まで貫いた。この傾向とは異なる手法の詩もあるが、小野の本流はここにあり、それが後年の詩集『大阪』や、すべての批判精神を溶解する短歌的抒情の否定となって結晶する。前出の詩には、当時プロレタリア詩に求められた「主題の積極性」や「前衛の観点」はないが、抑制の利いたリアリズムによって、都市の相貌をとらえている。

機関車といえば田木繁にも「引込線の機関車」という詩がある。基調は小野と同じだが、「ワム、ワム……」「鋼材、鋼材…」などの繰り返しにみられる未来派的力学（それは「悲鳴」「のたうちまわる」「汗みどろ」「息をひそめて」などの用語とは不協和音だが）が感じられる。プロレタリア派として闘争詩を書いていた田木が、機械の力学に関心を示したのは（後に『機械詩集』に結晶）、プロレタリア文学運動の退潮期である。その点、田木の転向詩といえないこともない。「引込線の機関車」や同系統の「汽槌の下で」はいずれも一九三四年の作。前年には佐野学・鍋山貞親の転向声明が共産主義者大量転向の呼び水となった。岡本潤が、「壺井繁治に」と副題した詩「途上」のなかで、獄から出て見る世の中の変りようを、しみじみ語ったのは一九三五年である。「この数年、互が受けた傷を静かに撫で合ふやうな、そんな人なつこさで」二人はかつての同志や友人の消息を語り合ったのだ。そういう「意外な変り方」をした時代、運動昂揚期のような詩作は誰にもできなかった。牙をむく冬にじっと耐えるには、工場や機械や、市井の生活風景をうたうほかなかったろう。永崎貢の「六郷土手駅」（部分）もそんな詩である。

黒いけむりを吐いて地響きを立てゝ
驀進する機関車は
線路番人が待ちくたびれる程来ない
六郷土手駅よ

けれどもこの寒村の小駅は
しきりなしゴウ〳〵と揺り立てる
電車の往来する喧騒に
瞬間の休息もない
堪へて怒りもせず乗客と降客の
京浜大工場のつとめ人を送り迎へて
六郷川のながい赤い鉄橋を見つめて立つ
六郷土手駅よ
河をへだててむかふは川崎だ
川崎は
わが大心臓京浜大生産都市の入口だ
夜は電車が鉄橋の闇に吸はれて
炎々と夜空を照らすあの火の中に消える
疲れ切つた節くれ立つた無数の男が
小綺麗な娘にしては指の荒れた女が
眼をわすれてお前に挨拶せずにゆく
朝はいそ〳〵とした彼等が

六郷の水をながめてねむ気をさます
六郷土手駅よ
河をへだててむかふは川崎だ

六郷土手駅周辺の風景と、そこに暮らす「つとめ人」への愛着が読者に伝わる佳品で、生活臭が強いのは、作者がプロレタリア派の詩人であったためだが、自身は小市民層に属する知識人で、そうした気分がこの詩にもうかがえる。永崎は小説も書き、前途を嘱望された青年であったが、夭折したことが惜しまれる。

永崎貢の詩が中野重治風だとすれば坂本七郎の詩はカール・サンドバーグ風である。「汽関車と操車場と／刑務所と屠殺所と／古い紐育スタンダード石油会社出張所倉庫と／繭乾燥所と」(「第一夕暮の詩」)という出だしや、町に溢れ盛り場にたむろする群衆の生態描写にそれが著しい。その分、生硬で、修辞が類型である。次の作品も機械や生産や都市の猥雑を叙したもので、いかにも昭和初期らしく、「新興俳句」の向うを張れば「新興詩」といえようか。田園や農村や農民を叙した詩には見られない力学とスピード感がある。現代産業技術は当時より遥かに高度になり、精密で巨大化しているが、現在の詩人たちはこういう修辞法を踏襲しない。昭和初期に実験済みであるということもあるが、現在のハイテクノロジーは、IT産業のように極めて静かで密室化されており、ダイナミズムを感じさせない、つまり機械の無音化、内面化のためであろう。

温度が低下すると自動スイッチが激しい音響とともに、青白いスパークが飛んでブザーが吃る。
八十度を越えた熱気が再び温度計の目盛りを押上げる。
戸外の吹雪が眼に見えない寒気の粒となって部屋に拡がる、
だだっ広い工場実験室、乾燥試験器《ドライニングオーブン》だけが生物のように唸りつづける、
温度計のデリケートな昇降が血走った目に冷静な技術を強いる、
ジーンと骨にしみる寒気、耳を澄ますと遠い潮鳴りがきこえる。
温度計を視つめる眼がいつか弛み、湿度表と時計の針がだぶる、

ちきしょう——

手に凍りつく計量器の分銅を床に投げつける
毛虫のような数字が誤差の開きとなって、眼にへばりつく、
うまく計算が合いますか――
頸をあげると皮肉な技師の赭ら顔が視野一杯に拡がる
きっかり――
退けのサイレンに勢よく立ちあがりながら傲然と応える。

――長谷川七郎「乾燥試験」

以上の作品のように、この時代の詩のリアリズムは、市井陋巷の喧騒と汚穢か、機械や生産現場のメカニズム、組織美、力動感に収斂してゆく傾向が強かった。ただ大江満雄には、「階級的観点」からの正しい機械観があった。伊藤信吉の『逆流の中の歌』には、大江の「プロレタリア抒情詩の重要性」(『労働派』創刊号)の一節が紹介されているので孫引きする。

コンミニストにとつて機械は美しい。しかし機械の支配権、生産品と方法に対して何等権利がない場合、機械は政治的立場で、じつに人間を苦しめるものになる。失業者問題上、政治的解決案がない限り機械の必要以上の生産器具化には反対すべきである。しかしプロレタリアの闘争は、日常的政治的問題だけが主体ではない。文化闘争としての理由からして、機械をわれわれの支配へと準備すべきであるから、プロレタリアは科学知識と機械使用に慣れてゆかなければならない。

大江満雄が機械に対して自覚的であったのは、伊藤信吉が指摘するように、彼が技術労働者であったからにちがいない。それと社会主義思想の結びついたのが前記論文の主題である。機械と人間の関係をうたった大江の詩「私の胸には機械の呼吸がある」は、そうした機械観の形象化なのだろう。

以上、これまで見た詩は、農耕型社会から工業型社会への転換期における、感覚、感情、意識、生活様式などの表現革新といえよう。昭和初期の『弾道』と『北緯五十度』の論争も、単純にいえば、農村型詩人と都会型詩人の感性と意識の対立であった。「君達の詩は冗漫だ」という『弾道』の詩人に、「ルンペンよ、北海道に来て見ろ」と応酬した『北緯五十度』の詩人たちは、工業社会を実感できない所で暮らしていたのである。後者の人々の師でもあった高村光太郎のエートスは、彼らのなかに、有形無形の姿で生きていた。光太郎の「機械、否、然り」を想起していただきたい。

三、「明治的支配」に抗して

I

明治維新は日本近代の幕開けであったが、欧米先進国と比べると、その近代の性格や構造には大きなちがいがあった。欧米先進国の近代は、資本主義の担い手であるブルジョワジーによって推進され、自由主義経済に立脚していた。それに対応し、自由で自律的な個人から成る市民社会が形成されてゆくのである。市民社会の不可欠の条件は、言論、結社、信仰の自由を内実とする基本的人権の保障であることはいうまでもない。もちろん、男女平等、罷業の自由、代議制民主主義への参加（選挙権）などを含め、基本的人権は初めから与えられ、保障されていたわけではなく、市民の不断の闘いによって獲得されていったものだが、建前として、闘う自由は保障されていた。もともと基本的人権は、商品経済の自由な展開に促されて発達普及したリベラルな観念、理念であって、その思想を唱導したのはホッブス、ロック、ルソーなどの思想家であり、彼らの近代思想は普遍的価値として国境を超えて拡がり、世界の近代国家の思想的背骨となった。

ところが日本では、明治維新を領導したのはブルジョアジーではなく、薩長藩士を主体とする武士集団であった。革命の理念も、リベラリズムを中核とする基本的人権の保障ではなく、「尊王攘夷」「王制復古」で、水戸学の影響が強かった。周知のように水戸学は、国学、史学、神道、儒学などの混交で、皇室の尊厳を中心に据えていた。近代国民国家の建設に当って、明治国家の指導者たちが、国民の精神を一つに束ねる必要に迫られ、その拠り所となるものとして担ぎだしたのが天皇＝皇室であった。それは欧米人にとってのキリスト教のような、精神の背骨を持たなかった日本での、窮余の策にほかならなかった。その法制化が明治憲法であり、規範化が「教育勅語」や「軍人勅語」であった。こうして確立されたのが近代天皇制で、明治以前の普通の庶民には、天皇崇拝の伝統はもちろんなかった。それをあたかも伝統であるかのように吹聴したのは国家権力のほか、アルチュセールのいう国家のイデオロギー装置としての学校、メディア、社寺、家庭などで、それらが国家権力と一体となり、天皇教の布教に努めたのである。

万世一系の天皇が日本国を統治し、天皇の神聖不可侵が憲法に明記されている体制下では、それがいかに虚構であっても、天皇（皇室）を否定、または批判、疑問を呈する言論や行動は許されない。学問・研究も同様で、これに抵触するものは容赦なく弾圧された。つまり日本の近代には言論・結社の自由がなく、基本的人権の保障がなかったのである。選挙権もさまざまな制限が設けられ、男性が普通選挙権を得るのは一九二五年からで、女性は除かれた。

経済構造から見ても、近代産業革命にはほど遠く、前近代的・封建的性格を随所に残した。その典型が寄生地主制で、半々の現物小作料にそれが集約されている。そこから生まれる低収入が都市労働者の低賃金、劣悪な労働条件、無権利状態に連動し、彼らの貧困と不安定な生活をもたらし、人口過剰の意識を人々に与え、その吐け口を海外侵略に求める気運が醸成された。本来、雇用は使用者と被使用者の経済的な契約関係でなければならぬはずだが、日本でのそれは、身分的な上下関係、隷従関係として成立したのも、日本の近代社会が、前近代的・封建的性格を温存していたからである。

以上の前近代的・封建的性格は単に明治時代にとどまらず、昭和にも引き継がれた。特に女性は男性以上に無権利状態に置かれ、しばしば家または家父長によって忍従を強いられた。女性にのみ姦通罪が適用された。その忍従を日本女性の鑑として讃える道徳が、戦後の新憲法公布の時代まで続いた。こういう社会構造をすぐれた市民思想家松田道雄は「明治的支配」と称《よ》んだが、至言である。

「明治的支配」が天皇という権威を背景に、いかに強固であっても、その支配が人間の生存権、生活権を奪うまでになれば、民衆のなかの目覚めた層、屈辱に耐えられない気概のある人々は立ち上る。昔の百姓たちも、年貢や賦役が苛酷であれば、支配者に対して一揆を起して闘った。明治以降の小作争議、労働争議もまた、民衆の生存と生活を賭けた「明治的支配」への反抗であった。国家権力はこれらの民衆の反抗を、さまざまな治安立法によって弾圧した。その治安立法の典型が、一九二五年に成立した治安維持法であった。これは普通選挙法の施行とメダルの表裏の関係をなしたが、一九一七年のロシア革命の成功に刺戟され、日本での階級闘争、労働・農民運動が高まることを想定した支配層の弾圧立法といえよう。事実、昭和初期は階級闘争、労・農民運動の絶頂期となった。

無産派の演説会になだれ入る大波のごとき人のざわめき　青木初江
無産党安部先生を選みては国民われの投ずる一票　窪田空穂
「本日はロシヤの革命」ただそれだけで弁士はたちまち中止を食つた　佐倉禎一
よく揺るる古き私線の列車にてマルクスを読む女学生のあり　西山　棟
メーデーの列に交れる女工達おくれじと裾かかげて走る　阿部静枝
前衛をおほく奪はれた大和の郷にいまこそ俺もはだかで飛びこめ　前川佐美雄

前川佐美雄の歌を除いて、すべて『昭和万葉集』巻一から引いた。窪田空穂にこの種の歌があることは、彼の作品に精通していない私には意外な感じがするが、それだけ当時の日本資本主義は反道徳的な矛盾を露呈し、労働者農民の暮らしが逼迫していたのである。それゆえ、婦人参政権運動への共感も生まれたにちがいない。哲学者の西田幾多郎が「夜ふけて又マルクスを論じたりマルクスゆゑにいねがてにする」と詠んだのもこの時期で、西田には抬頭する階級闘争と、知識人・学生などをとらえたマルクス主義への関心と恐怖が同居していた。野間宏も当時の日記のなかでそのことを指摘している。

II

この「明治的支配」に最も敏感に反応し、その不条理と反道徳性に果敢に抗議し挑戦したのは学生や知識人であった。また繊細な感受性と豊かな想像力に恵まれた芸術青年、階級意識を自覚した労働者、農民の尖鋭な部分もこれに呼応した。差別や非寛容や非合理を憎み、貧困や抑圧からの民衆の解放を念願した、正義感の旺盛な人々は、矛盾や悪の根源「明治的支配」の打倒に青春を賭したのであった。自らは小作人や下層の窮乏者、被差別民ではなく、地主や支配層、富裕な家庭の子弟ではあっても、道徳に反するさまざまな現実を黙認できず、殉教者に近い気概で政治実践、労働運動、農民運動に加わっていった。それは帝制と農奴制に抗したロシア知識人と共通する。

「明治的支配」への反逆は当然、家父長制や郷党社会、通俗道徳、教育体系の否定であったため、家父長や旧秩序の代表者にとどまらず、旧弊を頑なに守る民衆からの猛反撃に遭った。わけても家父長（戸主）は、一家の統率者、監督者としての体面から、子弟のなかから不忠者、反逆者が出ることを怖れた。明治以降の国家指導者、支配層は天皇や国家への反逆者、批判者を不忠者《もの》と見なし、「アカ」「主義者」「非国民」「国賊」というラベルを貼り、悪逆非道の大罪人扱いしたので、戸主は子弟が「危険思想」に染まらないよう監督を怠らなかった。子弟といえども独立した人格、という人権感覚がなく、「罪五族に及ぶ」の封建思想が根強い精神風土での反逆罪は、肉親ばかりでなく、累が「犯人」を教育した学校長にまで及んだ。難波大助事件はその典型である。郷党社会もムラうちから反逆者、「非国民」が出ることを恥じた。

反体制運動に走った若い良質の詩人たちは、戸主ばかりでなく、家系の構造と対決する困難な闘い、まさに悪戦を強いられた。それは『和解』の志賀直哉の比ではなかった。小野十三郎の「家系」は、このような時代を生きる青春の覚悟と矜持をうたっている。

　俺はある日　自分に対して決然として叛逆するものがあるのを知つた
　母につながり、兄弟につながり、そして遠いわが家の祖先にまでつながつてゐる俺の血がかたまりとまるのがわかつた
　今日の生活の動きを阻むさまざまな伝統や卑屈な道徳で混濁した黒いタールのやうな血であつた
　俺は死に俺は生れた
　俺は母や兄弟の責めるやうな眼と対峙した

沸々として湧き出づる新らしい血のぬくもりを胸に感じた
ああ、この血のためにむしろ彼等の敵となり生き得る俺は万歳だ

家系への反逆とは、ムラ秩序、家父長制、因習などに「対峙」することであり、当然、反逆者は小野のように、「新しい血」が体内を流れてゆくことを実感したにちがいない。それは闘いの意識である。その闘いの姿勢は、小市民的安逸を拒否することでもある。小野の「断崖」は、風景に託して、みずからの心境をうたっている。

断崖のない風景ほど怠屈なものはない

僕は生活に断崖を要求する
僕の眼は樹木や丘や水には飽きつぽい
だが断崖には疲れない
断崖はあの　空　空からすべりおちたのだ

断崖

かつて彼等はそれを見て昏倒した
僕は　今
断崖の無い風景に窒息する

当時の小野はアナーキストであり、アナーキズムは反体制の反逆思想として、権力の弾圧に遭っていたから、いわば断崖絶壁の上に立っていたようなものである。自分の人生が険しい道のりであることを小野は覚悟していて、この詩を書いたのであろう。後年の小野の短歌的抒情の否定にかかわらせるなら、「樹木や丘や水」は、短歌的抒情の象徴といえないこともない。

同じ家系を題材にしても、伊藤信吉の「家系」は、プロレタリア階級意識を通して、プロレタリア階級闘争のなかでそれをとらえている。伊藤が家系への反逆を、あえて「罪」といわざるを得ないところに、家系の重圧が感じられる。もちろん伊藤信吉は、反逆を「悪」としているのではない。その逆である。ただ家系に象徴される既存の価値体系への反逆は、「罪」をみずから受容する覚悟なくしては遂行できなかった、ということであろう。

伊藤和も「逆流」のなかで、父の卑屈な生き方、奴隷根性を憎悪し、批判した。父とは何度も腕力沙汰になった。そして父とは反対の生き方を選んだ。「おれは卑屈や迷夢の奴隷にならず、常につねに起ち得る準備をする。／おれは社会の千万人にもびくつかない。」と言い放った。が、詩は、体の衰弱した父へのいたわりで結ばれている。

岡本潤が「罰当りは生きている」を書いたのは、反逆者を「罰当り」と見る世間の眼を念頭に置いてのことだ。その上で「罰当り」をプラス評価する。これもまた一つの反逆心といえよう。

あなたは一人息子を「えらい人」に成らせたかつた
「えらい人」に成らせるには学問をさせなければならなかつた
学問をさせるには金の要る世の中で
肉体よりほかに売るものをもたないあなたは何を売らねばならなかつたか
だのにその子は不良で学校を嫌つた
命令と服従の関係がわからなかつた
先生の有難味といふのがわからなかつた
強ひられることには何でも背を向けた
一から十まであなたに逆らふ手のつけられない「罰当り」だつた
学校へは上級生と喧嘩をしに行くのであつた
その子はあなたを殴りさへした
——その時その子が物陰で泣いてゐたことをあなたは知つてゐますか
それでもあなたはその因果な罰当りを天地に代へて愛さずにはゐられなかつた

学校を追はれた不良児は当然社会の不良になつた
社会の不良は「えらい人」が何より嫌ひでそいつらに果し状をつきつけた
「善良な社会の風習」に断乎として反抗した
その罰当りがここに生きてゐる
正義とは何かを掴んで自分を曲げずに生き抜かうとする叛逆者の仲間に加はつて
警察へひつぱられたり　あつちこつち渡り歩いたり
飢えて死んでも負けるかと言つて生き通してゐる

お母さん！
あなたが死んで十年
だがあなたの腹から出てあなたを蹴つた罰当りの一人息子は此の世に頑然として生きてゐます

世間が叛逆者を「罰当り」と罵ったのは、お上《かみ》に逆う者は悪、という支配層の観念に従ったからである。人々は何らかの形で、また何らかの面で、支配秩序と利害を共通にしており、そのほうが生きる上で都合がよかったから、それを自分たちの通俗道徳としたのであろう。が、岡本潤、小野十三郎、伊藤和たちは、卑屈で隷属的な生き方や因習を退け、人間の矜持と尊厳のために闘う叛逆者の道を選んだのであり、決して「不良」でも「罰当り」でもなかった。彼らは打算と俗情に従う人間より人間性に富んでいた。それは詩的アナーキズムの側にいた坂本遼の「時雨」からもうかがえる。（次の引用は終連のみ）

お母さん
もう　度々時雨が渡るでせう。
座敷の北の隅から二つ目の畳をあげておいて下さい。すぐあげないと　雨がよく漏つていまし
　たからすぐ腐つてしまひますよ。
時雨にぬれて風邪をひかぬやうに気をつけて下さい。

この詩は「圭よ　たつしやか。」で始まる。母から息子への手紙型式に独創性があり、「圭よ　たつしやか」はほかの詩、例えば「たんぽぽ」や「ガニヤ」の冒頭でも用いられ、都会に住む息子への母の近況が綴られる。ここで示された母の肉親愛は同時に、坂本遼の肉親愛でもあり、坂本がヒューマニズムの詩人であることを物語る。坂本が詩的アナーキズムに接近したのも、おそらくこのヒューマニズムに由来するだろう。

階級闘争、労働・農民運動などが最も盛り上ったのは昭和の初めである。日本共産党は一九二二年に創建されたが、非合法であったため地下活動を続けていた。国家権力はあらゆる反体制運動に対し、治安維持法をもって応えた。共産党は二七年テーゼ、三二年テーゼによって君主制の廃止を綱領として採用し、生産手段の私有を認めない社会主義を目指したが、治安維持法はこれらを国体を転覆する反逆罪と見なし、実行者ばかりではなく、信奉者、支持者、同調者さえ厳しく罰した。

にもかかわらず、「明治的支配」に抗する人々は、階級闘争、労働・農民運動に参加していった。そのなかからおびただしい詩が生まれた。試みに『日本プロレタリア文学集』第38・第39の二巻は、主としてこの時代のプロレタリア詩の集成だが、計一、二〇〇頁の大冊である。壮観といえば壮観、実態は玉石混交。石の石たるゆえんは、主情がむきだされ、生硬な観念、表現の類型性が著しいことにある。政治の優位性や階級的課題以前の、詩の本質を理解しないところから生まれる絶叫が、あたかも詩的昂揚のように錯覚されたのであろう。また詩人の資質のないものが、手軽に詩作したことにも原因がある。したがって、表現を練りあげることに無頓着で、詩的成熟や昇華には遙かに遠いアジテーション、プロパガンダに堕さざるを得なかった。何しろそこには「その弾丸をこの胸に受けよう」「すべての迫害をこの肩に担おう」「牢獄よ来い！絞首台よ来い！」「ぶち割ってやる」「怒りをぶちまけ」「血みどろ」「勇敢な先祖」「輝く明日に向って」「団結こそ武器だ」というような勇ましい言葉が乱舞する。

要するにこの種の詩は、自分の激情や主張を、そのまま行分けにして表現したもので、詩に必要な方法や技術は無視された。どのような言葉が、いかなる比喩や暗喩や修辞が自分の感情を最も鮮烈に、適切的確に伝えることができるか、という課題を自らに問うことをしなかったのである。したがって表現のための鏤骨彫心もなかった。詩は手軽に自分の感情や主張を表現できる便利な表現媒体として利用されたふしがある。当時『弾道』誌上で、詩における技術をめぐる論争があったが、その成果もごく一部で受容されるにとどまり、プロレタリア詩全体に及ぶことはなかった。それは政治の優位性、主題の積極性を重視し、方法や技術を軽んじる傾向が強かったからである。

そうしたなかで、一家をなしたいくたりかの詩人は、社会的・政治的主題を取り上げても、心を打つ、また修辞や形象に長じた詩作をした。萩原恭次郎は大正の末、『死刑宣告』において、大胆奇抜な詩技法を用い詩革命の実験をしたが、それだけに形式破壊に淫し、修辞遊戯のきらいを拭い得なかった。しかし、昭和に入ってからの萩原は主題を歴史社会に絞り、技法もそれに対応した堅実で硬質なものになった。

子を負ひ街上にビラを持つて立ちし妻よ

富者の歌はいんざんに虐殺の黒い凱歌を上げてゐる
熱愛のひそんだ銃弾の響きを我等聞かう
妻よ
赤いひなげしの花にわが眼はいたましい恋愛を君に感ずる朝だ。

――「断片」3

明るい空も激越の目には暗い　鉄の固まりのやうに燃へてゐる
我等の手に帰つて来た友は　それは死体であつた
血肉の友よ　ふかく眠れ！
わが意志よ　ぎりぎりと目醒来たれ
一切の文句はすでに絶たれてゐるのである。

（村木源次郎に）
――「断片」4

ここにも「わが意志」「虐殺」「激越」「血肉の友」といった高い調子の言葉はあるが、全体として新鮮であるのは、一切の冗漫が峻拒され、昂揚する感情を、最小限の言葉で表現しているからである。「君に感ずる朝だ」という「朝だ」の用語も新鮮。「断片」は数十篇に及んでいるが、いずれも斬新で詩であることを実感させる。これまでの表現探求、技法革命の賜であろう。
アナーキスト詩人秋山清の真骨頂を示したのが、一九二一年三月、ロシア水兵と市民が、共産党政権に対し蜂起し、敗北に至るまでを叙した「クロンスタットの敗北」である。長詩なので六連のみを写す。

電波は自由を信ずる者のさけびをのせて、最後の時も全世界にひろがった。
—労働者農民諸君！　われらの同志よ！
クロンスタットは敗北した。
われわれはなおさけぶ。
勝ちほこった者が革命の敵であることを
彼等は民衆をふみじった。
独裁と権力は自由を扼殺した。
世界のはたらく者、
われらが友よ！

この詩が発表された一九三四年、数少なくなっていた共産主義者は、この詩をどう評価したであろうか。おそらく、否定的であったろう。今、私は、秋山の詩の持つ価値を、ソ連共産党政権の本質を洞察したものとして高く評価する。まさに共産党政権は「自由を扼殺した」独裁体制そのものであった。その意味で秋山は、時代の予言者でもあった。アナーキスト岡本潤もまた、農民自治の立場からソヴィエト政権に反抗したウクライナ農民の闘争を、「マフノとその一党」でうたった。

秋山清や岡本潤たちが共産主義政権に反対したのは、国家権力を否定するアナーキズムの思想に反し、ソヴィエト・ロシアが中央集権主義に立ち、民衆の自主自由を「扼殺」したからである。当然、その鉾先はロシア共産党だけでなく、日本共産党や共産主義者にも向けられた。いわゆるアナ・ボル（アナーキズム対ボルシェヴィキ）論争にとどまらず、両者の対立は暴力抗争にまで及んだ。無政府主義から共産主義に転じた壺井繁治が、裏切り者としてアナーキストから襲撃された事件はその一例である。中野重治は「無政府主義者」（一九二六年）で、共産主義者の集会にまぎれこんだ「髪の毛の長い一団の男」、つまり無政府主義者の「間違った言葉と卑しげな野次」を、「それらの言葉は／どこか一種に政治家に似／ごろつきに似／またどこか縁日の商人に似ていた」と諷刺したが、もちろんこの詩へのアナーキストからの返答詩はあった。この対立は、国家権力を認めるか否かが基軸であったので、共産主義対社会民主主義の対立以上に根深く、また広く、長く続いた。

共産主義対無政府主義の対立は、解放運動のなかの一環に過ぎず、このほかにもさまざまな対立抗争があったが、共産主義対社会民主主義のそれは四分五裂、離合集散の様相を呈した。この章では共産主義系詩人について触れたい。この時期の共産主義系詩人として、真先に私の頭に浮かぶのは中野重治である。中野の詩人としての仕事は大正末期に始まる。名作「しらなみ」「夜明け前のさよなら」などは大正期の作であり、短歌的抒情への決別宣言でもある「歌」も同様である。「歌」は中野の小説『歌のわかれ』の主人公が、「凶暴なものに立ちむかってゆきたい」という覚悟から、短歌と別れる経緯を描いているが、中野にとって「凶暴なもの」とは、政治的には天皇制に象徴される旧秩序であり、心情的・芸術的には、通俗道徳や星菫的抒情であろう。その意味で中野の詩「歌」は、中野の転換点を示す。

昭和期に入ってからの中野詩の傑作は、衆目のみるところ「雨の降る品川駅」である。これは中野の全詩業を通して、「しらなみ」と双璧をなす名作といえる。

辛よ　さようなら
金よ　さようなら
君らは雨の降る品川駅から乗車する

李よ　さようなら
も一人の李よ　さようなら
君らは君らの父母の国にかえる

君らの国の河はさむい冬に凍る
君らの叛逆する心はわかれの一瞬に凍る

海は夕ぐれのなかに海鳴りの声をたかめる
鳩は雨にぬれて車庫の屋根からまいおりる

君らは雨にぬれて君らを逐う日本天皇をおもい出す
君らは雨にぬれて　髯　眼鏡　猫背の彼をおもい出す

ふりしぶく雨のなかに緑のシグナルはあがる
ふりしぶく雨のなかに君らの瞳はとがる

雨は敷石にそそぎ暗い海面におちかかる
雨は君らのあつい頬にきえる

君らのくろい影は改札口をよぎる
君らの白いモスソは歩廊の闇にひるがえる

シグナルは色をかえる
君らは乗りこむ

君らは出発する
君らは去る

さようなら　辛
さようなら　金
さようなら　李
さようなら　女の李

行ってあのかたい　厚い　なめらかな氷をたたきわれ
ながく堰かれていた水をしてほとばらしめよ
日本プロレタリアートの後だて前だて
さようなら
報復の歓喜に泣きわらう日まで

情景描写もすばらしいが、一人一人の朝鮮人への呼びかけには、植民地民衆への中野の共苦と共生感が躍如とする。冒頭の「辛よ　さようなら」が、あとの連の「さようなら　辛」に転調する技巧も秀逸である。「後だて前だて」は中野ならではの修辞で、田舎人《びと》中野の真骨頂といえよう。中野は自分のなかにある短歌的資質を自覚していたゆえに、堅固な体系や重厚な論理、総じて深い学殖一般に畏敬の念が厚かったが、それらに比肩できる透徹した認識力と鋭敏な感受性があった。中野の斎藤茂吉論や森鷗外論はその証左である。

中野重治の勧めによって文学の道に入り、生涯、中野を信愛してやまなかった作家の佐多稲子にも、朝鮮の少女たちへの連帯をうたった詩「朝鮮の少女」があるが、佐多の詩では私はこれよりも、次の「ビラ撒き」を採る。佐多の処女作『キャラメル工場から』の寒い朝の出勤を彷彿させる。

清冽な水のような夜明けである
製菓工場のコンクリートの煙突は
まだ煙をはかぬ
しろじろと浮いている
私は工場の塀に添うてうずくまる
遠く省線電車の音が
煙のように尾を引いて流れ去る
しんしんとして
冷気は私のつま先を一片の木片に変えてゆく

私は自分を研ぎ立ての小刀《メス》に感じる
始業時間は早い
一度に押しかけて来る二百人の彼女たちだ
私のひそませた二百枚のビラ
次々に点く飾り電気のようにみんなの手に渡れ
氷った土の上を踏んでくる朴歯の音
私は毛糸のえり巻きを首に巻いて立ち上る

私の手にビラはサラリと音を立てる
懐手の暖気が手の甲から消し飛ぶ
彼女らの姿はまだ見えぬ
この角は製菓工場への一筋道
誰が私と彼女たちとの間を妨げよう
煙突はもう音もなく煙をはき出している。

朝の冷気をついてビラ撒きにゆく、若い女性運動員の緊張と息づかいが伝わってくる佳品である。感情が抑制されているだけに、冬の早朝のきびしい冷気が一段と読者に感じられ、「誰が私と彼女たちとの間を妨げよう」という作者のひたむきな姿勢が感動を呼ぶ。田木繁の「拷問を耐える歌」や、窪川鶴次郎の「札幌の同志へ」は、獄内外の共産主義者たちの覚悟や、彼らへの畏敬や激励をうたって、プロレタリア詩の典型をなす。中野重治や佐多稲子がうたった状況よりいっそうきびしい牢獄の闘いを素材にしているので、感情が切迫し、昂揚するのは、当然の成り行きであろう。

お前らの手の皮と俺らの頬の皮とどちらが厚いか
お前らの鉛筆と俺らの指骨とどちらが太いか

お前らの指先と俺らの喉笛とどちらが先につぶれるか
お前らの竹刀と俺らの腕節とどちらが逞しいか
お前らの金を打ちつけた靴裏と俺らの尻っぺたとどちらが堅いか
それをハッキリ呑めこませてやろう

――「拷問を耐える歌」部分

田木繁のうたった拷問が事実としてあり、それに耐えて闘う同志たちがあったから、窪川鶴次郎のような、獄中の同志への畏敬と、励ましの詩が生まれたにちがいない。独居房の暮らしは、拷問に加えて狭い場所に閉され、外との接触を断たれ、寒気に襲われる苛酷な日々であったから、それに耐えることは超人に等しい意志と体力を必要とした。それだけに獄外の人々の畏敬の念も強かったのであろう。松田道雄は若い頃マルクス主義に傾倒したが、運動には加わらなかった。寒さに弱く、拷問や独房の暮らしに耐えてゆく自信がなかったからである。

したがって、田木繁のように意気軒昂の闘士は、実際には極めて少なかった。共産主義者といえども「機械」や「ハガネ」や「不死身」ではなかったから、権力の暴力に屈し転向したのである（それだけが原因ではなかったが）。権力が強大であり、人間がいかに弱い存在であるかは、田木も十分に承知していたはずである。人間がこの詩のように勇敢に闘い得ないことは、周囲を見ればおおよその見当はついたろう。

にもかかわらず田木がこの詩を書いたのは、ひるむ自分への叱咤であり激励であったと思う。彼はこうした強い詩を書くことを支えにして、苛酷な状況に耐えたのであろう。それは窪川にとっても同じで、彼は獄中の同志を模範とすることで、「いよいよ鋭い武器を鍛える」覚悟を自分に求めたのだと思う。そういう意味ではこの詩もまた、自己激励の詩だという解釈も成り立つ。一般に共産主義者の闘争詩が意気軒昂であるのは、必ずしも虚勢や強がりばかりのためではなく、そういう心理操作が必要であったせいかもしれない。

秋山清の「クロンスタットの敗北」を前に紹介したが、これに相当するものを共産主義派詩人から選ぶとすれば、朝鮮民衆の日本植民主義に対する一九一九年三月一日の蜂起、いわゆる「独立万歳」闘争を叙した槙村浩の「間島パルチザンの歌」であろう。長詩のため部分のみの紹介にとどめる。

おお
蔑すまれ、不具《かたわ》にまで傷つけられた民族の誇りと
声なき無数の苦悩を載せる故国の土地！
そのお前の土を
飢えたお前の子らが
苦い屈辱と忿懣をこめて噛み下すとき——

お前の暖かい胸から無理強いにもぎ取られたお前の子らが
うなだれ、押し黙って国境を越えて行くとき――
お前の土のどん底から
二千万の民衆を揺り動かす激憤の熔岩を思え！

おお三月一日！
民族の血潮が胸を搏つおれたちのどのひとりが
無限の憎悪を一瞬にたたきつけたおれたちのどのひとりが
一九一九年三月一日を忘れようぞ！
その日
「大韓独立万歳！」の声は全土をゆるがし
踏み躙られた日章旗に代えて
母国の旗は家々の戸ごとに翻った

この「独立万歳」闘争はクロンスタット同様、敗北に終るが、槙村浩がこの闘争を長詩にしたのは、中野重治や西沢隆二（「荒縄」）がそうであったように、朝鮮民族が、日本帝国主義の野蛮な圧政の受難者だ、という認識を強く抱いていたからである。その意味ではこの詩も、「明治的支配」への抵抗であることはいうまでもない。槙村浩は「独立万歳闘争」を、激情にまかせてうたうのではなく、叙事詩風な起承転結の結構によってまとめ、詩的力倆の非凡さを実証した。マルクス主義詩人のなかでは異色の存在といえよう。

小熊秀雄はプロレタリア派では軽妙自在で、その点で異色であった。異色というのは、キマジメな作品の多いプロレタリア詩のなかで、小熊はユーモア感覚、諷刺精神に長じ、また饒舌をもって鳴らしたからである。小熊の作風は一様ではなかったが、ここでは「低気圧へ」を写す。

争議に依つて
俺たちの職場は湧き立つ
『同志、ズボンの釦がはずれてゐるぞ。』
『おーらい、おゝそして君の帽子もゆがんでゐるぞ。』
『おーらい。』
俺たちは微細なものに対しても
注意をし合ふ。
ゲートルをしつかり巻き直し
帽子をきちんと冠り直し
腕を組んで、胸を張つて

今は行動に移るばかりだ。

＊　＊　＊

その時、俺たちは工場の上の雲を見あげた、
飾り気のない白雲
雲よ、垂れて俺たちの滋養分となれ。
俺たちは決してお前を天上のものとは見ない。
それは何時でも
俺たちの激しい闘争の頭上に
お前を認めることが出来るからだ。

＊　＊　＊

雲は俺たちの味方だ
晴れた日、彼はじつと動かないが
少しも滞つてるものでないことを知つてゐる。
じつと見つめると彼は
明日の低気圧と一緒になるために
実に激しく動いてゐることを。

ここには通常のプロレタリア詩には見られない明るさとユーモアがある。それは小熊詩を一貫する快濶かつ天衣無縫な特徴で、それを私どもは今後も見るにちがいない。

四、戦争の序曲とテロリズム

I

昭和は戦争と共に明けた。三次にわたる山東出兵はアジア・太平洋戦争の幕開けでもあった。蒋介石の国民革命軍の北伐が、華北から満州に及ぶことを恐れた日本政府は、「権益」を守る名分のもとに、山東に出兵した。中国革命への干渉戦であることはいうまでもない。満蒙を勝手に自国の「生命線」と主張していた日本には、国民革命軍の北方への進展は、重大な「権益」侵害と映った。もともと、朝鮮と満州における「権益」は、日清・日露戦争の遺産で、おびただしい血を流して得た、という思い入れが、他国領土への支配願望を正当化したのである。「対中二十一か条」(一九一五年)はその成文化であった。田中義一内閣による三次にわたる山東出兵には約一万五〇〇〇人が動員され、中国軍民に大きな損害を与えた。もちろん、日本兵にも死傷者が続出した。

山東出兵は戦争の序曲とはいえ、日露戦争後、大きな戦争を体験しなかった日本国民には、やはり一つの衝撃であり、いやな予感を伴うものであった。一九一四年のドイツへの宣戦は、山東半島の膠州湾をドイツから奪取し、いわゆる火事場泥棒のような役割を演じた。一九一八年のシベリア出兵は敗北に終り、その記憶が国民の意識から消えかかっていた矢先の出兵で、「また戦争か」という悪感が走るのは当然であった。

すがりきて得堪へかねたる涙声あぎもをおきて吾はゆくなり　井上健太郎
何と言ふ惨々《むごたら》しさぞ来る戦友《とも》も来る友もみな血にまみれつつ　久木田夜詩柾
甲種合格おそるる人のおほかたは生活貧しと知らるるあはれ　山本友一
今宵また頬打つ音を耳にして冷たき床に家思ふかな　河合　勇
我馬の首にすがりて涙しぬ訴ふるべき人のあらねば　上宿映三
怨みかさなるこの二年兵ひと突きに突きてくれむと銃構へたり　中田清次
さらぬだに収入《みいり》すくなきこの秋を予備召集の礼状《ふみ》受けにけり　岡島寛一
うら若き吾妻に家を任せつつ心はもとな召《め》集され来にけり　坂垣家子夫
ふるさとの妻恋ひをれば消燈のラッパ鳴りても寝つかれぬなり　吉田　貞
軍神《いくさがみ》諏訪の社《やしろ》に来て見れば徴兵除けを願ふ札あり　長田亀雄

『昭和万葉集』巻一から抜いた作品だが、すべてが山東出兵にかかわるものではない。が、時期は山東出兵と重なる。いつの時代でも、いかなる戦争においても、最大の被害者は貧しい庶民である。そのことが引用歌から惻惻伝わる。一家の大黒柱や、有力な稼ぎ手を兵隊にとられることは、貧しい庶民にとっては死活問題である。まして死の確率の高い戦争では、兵士になることは半ば死出の旅でもあり、肉親の悲しみ、嘆きは深刻であった。今生の別れという意識が誰の脳裏をもよぎったにちがいない。「徴兵除けを願ふ札」を神社に掲げるのは、人眼を忍んでのことであろう。

それに日本軍隊は、私刑《リンチ》が常態であったから、初年兵には地獄に等しく、河合や上宿や中田のような歌が生まれた。「刃むかひくる敵には合はず上官の監視にほとほと疲れはてたり」（小石一二）もこれに類する。私刑に耐えられず自殺した兵士も少なくない。ところが、古兵にいじめられた新兵も、自分が古兵になると、同じことを繰り返した。恨みの移譲である。前記の中田清次もその例外ではなく、「ひら掌もていきなり打ちし兵の顔つめたく汗にぬれてゐにけり」とうたっている。こういう恨みの移譲によって、軍隊という閉塞状況を辛くも生き抜いたのが日本兵の実態であった。上官がこれを黙認したのは、私刑が古兵たちの鬱屈した感情のガス抜きとなっていたからであろう。一面、このような軍隊が兵士にとって、「苦楽をともにする集団」と感じられたのは、大学教授も農夫も同じ一兵卒という「平等主義」と、衣食住を保障するという、生活の安定があったからで、前者は差別社会が、後者は庶民の貧しさが背景にある。

久木田の作からも判るように、山東の戦場では双方に戦傷者が多かった。それゆえ、この戦争を現地で指揮していた高級将校も、帰還の際は「ゐて行きし兵死なしめて帰り来つ歓迎門を我がくぐるかも」「道の辺の並《な》み立つ人に礼かへせおのづからにし面ふしにけり」（以上斎藤瀏）とうたわざるを得なかった。

戦闘時をうたった同じ斎藤の「街中《まちなか》に逃ぐる敵《かたき》を追ひつめて打たば打たむと砲据ゑにけり」とは感情の位相がちがう。戦闘あるいは戦争の本質は、忠勇武烈譚を退ける。社会派の川柳詩人は戦争や戦場を次のように諷刺した。

正義だと騙して殺す方もある　以上井上剣花坊
廃兵に霜夜が怖わいちやんちやんこ
めかくしをされて阿片を与へられ
食道を締めて爆弾握らせる
大砲をくわへ肥つた資本主義
俺達の血にいろどつた世界地図　以上鶴彬
標的になれと召集状が来る　森田一二
ヘンポンとかばねの上に日章旗　吉川夢月

廃兵の曰く片足五十銭　　皆川暇生

自由律俳句でも橋本夢道や神代藤平らが、この期の戦争に批判の矢を放った。

泣けるだけ泣いてしまつてから彼を葬るに兵営の規則（弟の死）
死亡室の白布の下の死顔もう一度見たい母が叱られる
煙突の林立静かに煙をあげて戦争の起りさうな朝です　　以上、橋本夢道
「支那から手を引け」と闘ふんだ揚子江の赤旗の為に　　神代藤平
遠い国は戦争となつてゐるきびの穂　　浪本蕉一

川柳、俳句のいずれも、戦争を民衆の側からとらえている。特に川柳は、資本主義と戦争の関係を追及する。戦争の原因が資本主義にあるとすれば、兵士は「標的」であり、日章旗のひるがえるところ、民の「かばね」は積み上げられる。戦争は資本にとって儲けではあるが、廃兵の片足は五十銭で片付く消耗品に過ぎない。非道な戦争や軍隊は、橋本夢道の句のように、母の人情さえ退けるのである。詩では三好十郎が直接、山東出兵を主題にしている。

三好の「山東へやった手紙」は、山東に出兵した「甚太郎オヂサン」に、この戦争に疑問を抱く甥が、中国人を殺さないで欲しい、学校の先生は本当のことを教えてくれないから、戦争の真

実を教えて欲しい、と訴える内容である。

軍国主義教育が大正ヒューマニズムを駆逐し、マスメディアも戦争熱を煽るような社会状況のなかで、この詩のなかの甥は例外中の例外といえるが、そういう子供が全くいなかったわけではあるまい。

これほどはっきりした批判でなくても、戦争を厭う気持、中国民衆をあわれむ感情は、当時の一部の子供のなかにもあったのではないか。私がそう推測するのは、日中全面戦争時の少年であった私の心の一偶に、戦争が早く終ればいい、という気持は確実にあったからである。もちろんそうではあっても、私は政府のいう正義の戦争観を疑っていたわけではなく、逆に正しいと信じていたのではあるが。ましてや、兵隊に行くのを、行って殺し合うのを厭う青年、中国を本当の敵ではない、俺達は「行キタク無イノニ行カンナラン」と思っている兵士はこしらえごとではなかった。

したがって、この詩にはリアリティがない、とはいえない。子供や兵士のこういう感情を引き出すのも詩人の役目であり、子供といえども端倪すべからぬ眼力の持主がいたことは、満州事変を侵略と見抜いた鶴見俊輔少年の例からも明らかであろう。問題はそれが、単なるアジプロ詩か否かにある。その点、三好の詩はアジプロ詩とは本質においてちがう。

三村叱咤郎に「教科書の間違ひの侭を信じ」という川柳があり、大方の国民は、政府宣伝の義戦観や皇室観を信じてはいたが、感情の片隅に厭戦感や軍や官憲への嫌悪感、反感があったことは否定できない。当時はまだ右傾化していなかった前川佐美雄は、「戦争のたのしみはわれらの知らぬこと春のまひるを眠りつづける」「戦争の真似をしてゐるきのどくな兵隊のむれを草から見てゐる」とうたったが、こういう厭戦、嫌軍感情は前出の短歌からもうかがうことができる。その時でも庶民は、「友ら皆重きつとめにいで立つに吾のみ残る気まづさにあり」（柴田哲二）という、他者への思いやりを失うことはなかった。それでも兵隊に取られないことは嬉しく「司令官の厳めしき顔はばかりて小声で唱ふ丙種合格と」（秋津くに雄）と詠んだのである。当時の徴兵検査は甲種、乙一、乙二、丙種に分類され、丙種分類者は兵士失格の汚名に甘んじねばならなかった。が、内心は兵役を免れる安堵感のほうが強かったと思う。ただそれを表に出すことがはばかられたままでである。それだけに金井新作の「戦争」は、召集拒否宣言として圧巻である。


――何故戦争に行きたくないと云ふのか。

――殺さずにゐられない気持ちが自分の中に動いてもゐないのに見も知らぬ人と殺し合はなければならなくされるのが厭だからです。

――みんな喜んで召×に応じて来るではないか。

――嘘です。

――群衆はあんなに熱狂してゐるではないか。国中は湧き立つてゐるではないか。

――×××てゐるんです。

——×された位であんなに心底から熱狂出来ると思ふのか。

——心底から?

——心底からだ。

——若しさうならたとへ瞞されてゐるとしても私は沈黙します。だが一人でも××××××××××××××く群衆に和してゐる者があつたならあなた方を憎悪します。

——憎悪した所でどうにもなりはしないではないか。

——憎悪する者が無数に生れてもですか。

——黙れ!戦争はもう始つてゐる。お前も召集されてゐるではないか。いやでも、おうでも行かなければならないではないか。

——××××××。

——銃殺するぞ。

——行きたくありません。


この詩は一九三〇年初頭発行の『学校詩集』に収録された。「この詩を金井新作は一九二九年十月二十一日に作ったが、たとえ五カ所を伏字にしたとしても、よくこれが問題にならなかったと思う。当時はいっさいの出版物を二部ずつ内務省へ納本することになっていて、その一部を警保局が検閲したから、もしも〈不穏当〉の個所があればたちまち検閲にひっかかり、なんらかの処置をうけた」（伊藤信吉『逆流の中の歌』）言論統制の時代であった。伏字の「×××てゐるんです」は伊藤のいうように、「瞞されて」であろう。雑誌が発売禁止にならなかったのが不思議なくらいだが、当時は検閲がまだゆるく、以後、軍国主義とファシズムの伸展、全面戦争の勃発に至り、言論の国家統制は強化され、金井新作のような詩の発表は許されなくなってゆく。なお山東出兵を素材にした小説では、黒島伝治の『武装せる市街』が傑作である。

II

一九三一年九月一八日夜、関東軍参謀板垣征四郎・石原莞爾らは共謀し、奉天東北方の柳条湖の満鉄線路を爆破した。軍司令部は、爆破が中国軍の仕業とする現地参謀たちの偽の報告を信じ、全軍に出動を命じた上、朝鮮派遣軍にも救援を要請した。いわゆる満州事変の発端である。

翌一九日の若槻内閣の緊急閣議で幣原外相は、事件が関東軍参謀の謀略であることを明らかにした。が、満蒙権益に固執する政府は、国際配慮から一応、不拡大方針を決めたものの、戦闘は続行した。そればかりか新たな謀略を重ね、大軍を投入、戦線を拡大していった。政府自体がこの既成事実を認めたのは、「満蒙は日本の生命線」という国家戦略があったからである。軍の統帥権者天皇も、軍隊出動を許可した。事件が謀略であることを承知しながら、九月二四日、政府は関東軍の戦闘を自衛行為とする声明を発表し、内外国民を欺いた。

謀略はこれにとどまらず、翌三二年にも陸軍は、上海事変の発端となった日本人僧侶襲撃事件なるものをこねあげ、上海にも戦線を拡げた。同じ年、関東軍は「満州国」樹立を企て、三月一日、傀儡政権に「建国宣言」を出させるに至った。満州事変から満州国建国の過程は当然、国際的な不信と疑義を招き、国際連盟はリットン調査団を現地に派遣し調査した結果、日本政府の主張する自衛権行使説を根拠のないものとして退ける報告書をまとめた。国際連盟は日本に一定の妥協をしたが、日本は一切を拒否、遂に国際連盟を脱退し、あえて孤立の道を選ぶのである。

こうした一連の動乱に呼応するように、三二年五月一五日、海軍青年将校と愛郷塾生七名、陸軍士官候補生らによるテロ事件が起き、犬養首相が暗殺された。この少し前にも前蔵相井上準之助、三井合名理事長団琢磨が右翼によって射殺されている。左翼指導者山本宣治の死も、こうした右翼の一連のテロの一環であった。山本は人望が高かっただけに「赤旗に巻かれし死骸街をゆき逢ふ学生に帽子を取らしむ」（稲森京太郎）とうたわれた。

民衆の満州事変への反応は一様ではない。同じ人の思想と生活感情にも相剋分裂があった。半田良平の歌のように「このままに過ぐべきことかわが国のいづこを見ても行き詰りたり」という状況、つまり、貧困、失業、就職難、社会不安、閉塞感などの「行き詰り」状態、危機の深まりが、民衆の不安、不満、絶望、虚無、自暴自棄を強めていたのがこの時代であった。「行き詰り」をなんとかしてくれ！という悲鳴に近い叫びが民衆に拡がっていた。それはいくらか、ヒトラー台頭の社会状況、つまり第一次欧州大戦の戦後賠償の重圧に呻吟するドイツ国民の心理に共通していた。ワイマール民主主義は危機の打開に無力であった。

むしろ動乱を願ふが如きことを云ふ友が言葉も感傷にすぎず　南谷和吉
戦争あらむ願ひをあはれした思ふわれと告げなば人よ瞋《いか》るか　高田　昇
国こぞり人勢ふときなにゆゑの戦ぞやと思ひ見るべし　半田良平

「動乱を願ふが如き」心理が民衆のなかに、あるいは民衆の一部にあったことは疑いない。政府が満州事変や上海事変を自衛戦争と偽わったことが、この傾向に拍車をかけた。それによって戦争は美化正当化され、敵愾心も燃え上った。

兵隊とみれば万歳を浴びせかけこの群衆は狂へるに似つ　中田清次
御戦《みいくさ》に死する者らはまことなり生命の安く居て何云ふ輩《やから》
軍人《いくさびと》のひとすぢに死する仕合せを慾の輩《とも》の誰《た》が賢《さかし》ら云ふや　以上　斎藤　史

これも政府やマス・メディアの言論操作によるものだが、民衆のなかには、広大な満州を支配すれば、「過剰人口」の吐け口になり、景気や暮らし向きもよくなる、という幻想があった。半封建的な地主制度、低賃金、社会保障政策の欠如など、貧困の本当の原因を隠し、狭い国土、乏しい資源、過剰人口に原因をそらした支配層の口車に、民衆は乗せられたのである。ひとたびその幻想の虜になった者には、満州が中国領土であり、日本からの開拓民は、中国人の土地を奪って入植することになる、という想像力を働かせる余地はなかった。ここに言論操作、言論統制の恐ろしさがある。上海事変の際、爆筒を抱えて死んだ三人の兵士が、「肉弾三勇士」と讃えられたが、それは忠勇武烈という性質の死ではなかったといわれる。ほとんどの軍国美談は作り話であり、それによって民衆の忠誠心と愛国心を煽ったのである。もちろんそのなかでも、醒めた心は健在であった。

三勇士の噂は国をおほへれど無頼青年たりしこともきこえぬ　　中川　逸
ジャーナリストが書き歪めたるペン先の爆死の記事になぐさまずゐき　　菊池　剣
いさましきものに伝へて三人の若き命をあはれといはず　　井上健太郎
国をあげて賞め称ふるに我はただかへらぬ人の生命思はむ　　森早稲穂

もちろん、この作られた忠勇譚をそのまま信じ、「賞め称ふる」斎藤瀏や太田水穂のような歌人はいた。また斎藤は日本の国際連盟脱退をも壮挙と讃えている。満州建国を「新しく国興るさまをラヂオ伝ふ亡ぶるよりもあはれなるかな」とうたった土屋文明との認識・感情のちがいは明瞭である。この点、丸山芳良の「他国の領土に権益を持つ非違の百年通るなり武力によれば」は事態の本質をとらえて見事である。

マス・メディアを含めて支配層がいかに戦争を美化し正当化しようとも、戦争が殺し合いの悲惨事であることは明白である。

柩ひく砲車のきしみ過ぎゆきて時雨ぞわたれ遠き枯原　木俣　修

思ひみむ寒さ極まれし満州にたたかひてひとの死なぬ日ぞなし　竹尾忠告

塹壕にいまだ戎衣の血に染《し》みて散らばりゐるをまさめに見たり　杉本勇乗

手榴弾の破片に裂けし屍は運び来る時に腸洩りにけり　南条　屯

あかあかと入陽かがやき暮るる見よ戦友《とも》が火群《ほむら》は空にひびきぬ　八木沼丈夫

額骨を弾丸《たま》にうたれて失せにける支那兵は手に土を握れり　児玉柴門

求めては水を呑みしがたちまちに血をふくむくろとなりて横たふ　安田秀信

上海事変の際、中国軍の俘虜となった空閑昇少佐は、そのことを恥じて自決した。俘虜を恥辱とする「道徳」が、日本軍の伝統であったからで、この封建道徳は、それ以後の戦争でも固守され、多くの悲劇を生んだ。

仮の世を唐国人《からくにびと》の情にて今日も空しく暮しつるかな　空閑　昇

捕虜となりし人のみづから果てたるは戦ひ死にしより厳しかりけり　佐藤佐太郎

満州事変について考える際、いつも私が想起するのは、日本浪曼派の領導者保田與重郎が、当時の心境を回想した「『満州国皇帝旗に捧げる曲』について」（『コギト』一九四〇年十二月号。橋川文三『日本浪曼派批判序説』未来社より孫引き）である。

「満州事変がその世界観的純潔さを以て心をゆさぶった対象は、我々の同時代の青年たちの一部だった。その時代の一番最後のようなマルクス主義的だった学生は、転向と言った形でなく、政治的なもののどんな汚れもうけない形で、もっと素直にこの新しい世界観の表現にうたれた。時の新しい決意は、当時の左翼経済学の意見をしりめにして進んだ。又国の運命は彼らの云いふらした見透しを打破するような結果を次々に生んだ、と我々はその頃判断していた。事実かどうか知らないが、そうして明白に満州国は前進した。即ち『満州国』は今なお、フランス共和国、ソヴェート連邦以降初めての、別個に新しい果敢な文明理想とその世界観の表現である。（中略）さて『満州国』という思想が、新思想として、また革命的世界観として、いくらか理解された頃に、我々の日本浪曼派は萌芽状態を表現していたのである。しかも、そういう理解が生れたころは、一等若い青年のあるデスパレートな心情であったということは、すべての人々に幾度も要求する事実である。（中略）現在の満州国の理想や現実といったものを思想としての満州国というのではない。

私のいうのはもっとさきの日本の浪曼主義である。」

満州建国の「革命的世界観」とはいうまでもなく「王道楽土」であろうが、これがいかに欺瞞に満ちたものであったかは当時、野上彌生子が指摘していた通りである。保田の現実認識は認識という範疇に属するような代物ではなく、ロマン主義による歴史の主情化（本質は非歴史主義）であった。この放埓無礼なロマン主義は、満州事変だけでなく、その後の戦争についても一貫した日本浪曼派系の特徴となった。いうまでもなく戦争はロマンではなく、醜悪で恐ろしい惨劇である。それゆえ庶民の歌の多い『昭和万葉集』には、戦争歓迎歌より、戦争忌避歌のほうが、まだこの時期には目立ったのである。

Ⅲ

右翼テロリズムも、昭和初期の閉塞状況、貧困や社会不安、腐敗した政党の打倒、現状一新を眼目としていた。ごろつきに類する人間も多かったが、「まじめ」にそれを考える人たちもいた。ただ目的を実行する方法がテロリズムであり、天皇親政や軍部独裁、農本主義や愛郷主義を理念や信条としていたところに時代錯誤があった。この時代錯誤は、当事者の右翼思想、偏狭な国家主義や国粋主義などに由来するが、それと表裏一体なのが日本社会の反民主主義体制であった。それゆえこの期のテロリズムは、国家権力による共産党や左翼への弾圧と連動した。

政党の腐敗はあれど血をもつて償はしめむとする心おぞまし　上　稲吉

卑怯なるテロリズムは老人の首相の面部にピストルを打つ　斎藤茂吉

落ちつきて話せとしいふ老人にピストル打ちしは日本軍人なり　榛原絮一郎

いずれも五・一五事件を凶事、おぞましいものととらえているが、中島哀浪のように、事件を肯定した歌もある。私利私欲に発するテロリズムではなく、前述のような理念や目的をかかげていたために、首謀者たちに共感や同情を寄せる民衆も少なくなかった。反民主主義社会に生きる民衆の政治意識の低さである。さらに、結果責任よりも主観倫理（マックス・ヴェーバー）を重視する日本人の悪癖があった。意図が「純粋」であれば、手段に行き過ぎや、結果が悪くても、それを許してしまう無責任体系である。

このことは一九三六年の二・二六事件にも当てはまる。特にこの心理は右翼や軍人のテロリズムやクーデターにおいて著しく、左翼運動には同質の反応が見られないのは、支配層の言論操作、言論統制に原因している。

このことがまた共産党を民衆から孤立させ、共産主義者の転向要因となった。満州事変後の大量転向は、軍国主義とファシズムの流れに乗った支配層の弾圧の凄さと、共産主義者の民衆からの孤立感の相乗効果といえるだろう。

転向の内実と形態はさまざまで、人間としての誠実さを失わない中野重治のような例もあり、皇室を美化し、満州事変や上海事変などの戦争を正当化した佐野学や鍋山貞親などの変節もあった。権力におもねり、時局に迎合する転向が多かったゆえ、吉野秀雄も釈然とせず、「イズムの是非はとまれかくまれたはやすく転向をいふて易きに就くよ」とうたった。内田穣吉の「我が思想説くすべもなし父も母も悪魔の業と我に嘆かふ」という状況では、節を守ることは至難の業であった。としても、「易きに就く」人間の多かったことも否定できない。大量転向現象は当然、共産主義者の相互不信と疑心暗鬼を招来した。槙村浩の詩「誤って転向を伝えられた同志たちに」から、その間の事情をうかがい知ることができる。

「血盟団の公表ありて世の識者ら批判避けつつ何か言ふなり」（斎藤奎児）「たゆみなき時世のなやみ遂にして若き人等は捕はれ行けり」（松村英一）といった「物言えば唇寒し」の「冬時代」ではあったが、まだ拷問死した小林多喜二への追悼詩歌や、共産主義者や無政府主義者による自己鼓舞の詩、権力や軍国主義批判や諷刺の根までが絶たれていたのではなかった。

満州事変当時にはまだ反戦詩を発表する自由は残されていた。幾つか紹介する。

　高粱の畠を分けて銃架の影はきょうも続いて行く
　銃架よ、お前はおれの心臓に異様な戦慄を与える――血のような夕日を浴びてお前が黙々と
進むとき
　お前の影は人間の形を失い、お前の姿は背嚢に隠れ

お前は思想を持たぬただ一箇の生ける銃架だ
きのうもきょうもおれは進んで行く銃架を見た
列の先頭に立つ日章旗、揚々として肥馬の跨る将軍たち、色蒼ざめ疲れ果てた兵士の群——
おおこの集団が姿を現わすところ、中国と日本の圧政者が手を握り、犠牲の鮮血は二十二省の土を染めた
（だが経験は中国の民衆を教えた！）
見よ、悪劣な軍旗に対して拳を振る子供たちを、顔をそむけて罵る女たちを、無言のまま反抗の視線を列に灼きつける男たちを！
列はいま奉天の城門をくぐる

——槇村浩「生ける銃架——満州駐屯軍兵卒に——」部分

週番司令は口髭を顫わせて罵りだした
大尉の三角の眼は焦々しく燃えだした
きさまらは……日本軍人か
チャンコロが怖いのか　うッ

三歩前に曹長や軍曹伍長が恐縮している
兵卒達は無言の侭　暗い前方を睨んでいる

――波立一「動員令」部分

槇村浩と波立一はマルクス主義者で、戦争＝帝国主義的侵略という思想が詩の基軸を成す。ちなみに波立は日中戦争で入隊中、反戦思想のため陸軍刑務所に投じられ、そこで非業死した。あからさまな反戦詩ではないが、この時期の小野十三郎、秋山清、北川冬彦の詩は、軍国主義と戦争への抵抗を内に潜ませて異色である。

暗い郊外の野をつらぬいて
かなたの山麓へ
また、一直線に路がついた
月のある晩だし、このあたりは少し小高くなっているので夜目にもずうっと向うの果まで見渡しが利くのだ
路に沿うて林立する電柱や敷きつめられた莫蓙や
いまや工事が完成した

月光を浴びたアスファルトの路面に
被布でおおわれた地ならし《ローラー》の黒い影がのび
道路のまん中に放り出されたセメントミキサーは残骸のような白い乾いた口を夜空に向けて
いる
何という静かさだろう
犬の仔一匹あらわれない
まったくしーんと静まりかえっているのである

——小野十三郎「軍用道路」

室町ノ
三井ノ
玄関口デ
白ダスキヲカケタ
四十ガラミノ
反動ノ髭ヅラガ
メガホンヲ口ニ
熱誠溢ルルバカリノ名調子デ

三越帰リノ淑女タチニ
呼ビカケテイタ

寒風吹きすさぶ　満蒙の野に　わが将卒とともに戦える勇敢なる軍馬のために　みなさまの御
同情を　切にお願いいたしまぁーす……

馬ヨ、十一月ノ宇品ノ港デ　宙ニブラ下ッテイル馬ヨ　アバラヲフルワセテ嘶ケ！

――小野十三郎「軍馬への慰問」

「軍用道路」は静寂な月光下、一直線に伸びて行く軍用道路の不気味さを表わし、軍国主義と臨戦体制への小野の危惧と恐怖の念が読み取れる。「被布におおわれた地ならし《ローラー》の黒い影」や、「放り出されたセメントミキサー」が不気味な感じを一段と強めている。「軍馬への慰問」は、戦争を熱烈に支持する右翼反動を、軍馬に託して批判した手法に新しさがある。片仮名と平仮名の遣い分けも巧みであり、硬質の抒情は批評性に富んで、いかにも小野十三郎らしい。

お前のいがくり頭に
お前の赤い兵たい帽がちょこなんとのる

お前は銀座に来て夏の女たちをながめ
子どものようによろこぶけれど、
お前の長剣を佩いた格好はなさけないぞ
—班長がおもしろいやつで
—軍馬が可愛くて
それがどうしたってんだ

兵たいは地の厚い服をきて
夏の炎天に長靴をはき
お前みたいのが二百も三百もならんで
右に向き
左に向き
廻れ右、そして走る姿を考えてみよ！
—話したいけどもう時間がない
そうか
一分おくれて営倉か
日給が十八銭か

胸を張り
肩を立て
長剣をがちゃつかせていった騎兵二等卒
まっくろく焼けた鉄の顔

街で出逢った兵たいごとに
直立不動のお前の肩の一つ星
せめて二年たって娑婆に出るまで
その星をふやさず
あばれてわらって元気にもどって来い

酒ぐせのよくないお前の手は
どうかすると初年兵をひっぱたいたりしていないか
鉄砲をみがく手

——鉄へ　1——
——秋山清「一つ星」

剣を抜く手
その手は上官に挙手の礼をする
その手は捧《ささ》げ銃《つつ》をする
その手は
いつかおれの知らぬ憎悪と忿懣をかきよこした手
拳を握るとひびから赤い血が出るという手
手はお前の心と反対に働かなければならない
手は一日じゅう何くれとなく働いていればいい
手はあかぎれが痛いといわないだろう
営倉ははいったら休まるよと手はいわないだろう
夕方ぽかんと兵舎の裏に立って
習志野の空とぶ鳥を見てるという
自分のない一日——
そんな日が
明日と明後日とそのつぎと
一列になって冬を越してゆく
突貫も

怒号も
振りあげる長剣も
人なつっこい軍馬の眸も
お前の無聊をやさしくしない
消灯まえの酒保で
一日じゅうお前の心にしたがえなかった手を握りかためて
初年兵を
ひっぱたいたりしていないか

——鉄へ　3——

——秋山清「手——二年兵になった鉄」

実に平明な詩で、一見無技巧のようでいて、着想の非凡さは主題からも明らかである。友人をいましめる型式に反軍感情が躍如としている。兵隊として進級するな、初年兵を殴るな、という思想はいかにも秋山清らしい。秋山清は戦争協力詩を書かなかった稀有の詩人である。次に示す北川冬彦の詩も、「一つ星」と同じ一九二九年の作である。

義眼の中にダイヤモンドを入れて貰ったとて、何になろう。苔の生えた肋骨に勲章を懸けたとて、それが何になろう。

腸詰をぶら下げた巨大な頭を粉砕しなければならぬ。腸詰めをぶら下げた巨大な頭は粉砕しなければならぬ。

その骨灰を掌の上でタンポポのように吹き飛ばすのは、いつの日であろう。

――「戦争」

将軍の股は延びた、軍刀のように。

毛むくじゃらの脚首には、花のような支那の売淫婦がぶら下っている。

黄塵に汚れた機密費

――「大軍叱咤」

軍国の鉄道は凍った沙漠の中に無数の歯を、釘の生えた無数の歯を植えつけて行った。

突然、一かたまりの街が出現する、灌木一本ない鳥一匹飛ばないこの凍った灰色の沙漠に。

芋虫のような軌道敷設列車をめぐって、街の構成要素が一つ一つ集ってくる。例えば、脚の
すでに冷却した売淫婦。

一連の列車の中の牢固とした階級のヴァリアション。

軌道は人間をいためることによってのみ完成される。人間の腕が枕木の下で形を変える。そ
れは樹を離れる一葉の朽葉よりも無雑作である。

軌道の完成は街の消滅である。忽ち、一群の人間は散って了う。

砂漠は砂漠を回復する。一本の星にとどく傷痕を残して。

軍国はやがてこの一本の傷痕を擦りへらしながら腕を延ばすばかりである。


没落へ。

——「壊滅の鉄道」

北川冬彦の詩はプロレタリア派やアナーキズム派のリアリズムとはちがう。象徴や隠喩を用いたリアリズムの手法で、反短歌的抒情性（散文精神）という点では小野十三郎に共通するところがあるが、小野詩より象徴性、隠喩性が濃い。「壊滅の鉄道は」、主題は小野の「軍用道路」と同じである。こうして日本は「没落へ」の道を進んだ。この頃の北川は詩の純粋性と方法革命を標榜した、『詩と詩論』に属していて、前衛詩ともいえる「氷」「ラッシュ・アワア」「馬」「剃刀」

などの短詩を作った。「馬」は「軍港を内臓している」という一行詩だが、題名そのものが批評性を持つ稀有の作品である。これも反軍詩であることはいうまでもない。北川の散文精神はこの時代から準備されていたのであろう。この時代、次第に右旋回する萩原恭次郎も、まだ反戦詩「兵卒」を書いている。

結論を要約すれば、軍部とファシズムがはびこったのは、批判的知性の力が弱かったことに一因している。戦争とファシズムに対し、最も勇敢に闘った日本共産党も、三・一五（一九二八年三月一五日）と四・一六（二九年四月一六日）の大弾圧を境に組織は壊滅し、運動は終息に向う。その一端の責任は、コミンテルンに盲従した共産党の側にもあったが、あとは一瀉千里、日本国の言論界は批判的知性を失い、大勢順応、軍部の提灯持ちとなり、マスメディアは国家のイデオロギー装置の正体を白日の下に曝す。満州事変以後、この流れは急速に加速されるのである。

五、二・二六事件と日中全面戦争

I

一九三六年二月二六日、皇道派青年将校は約一五〇〇名の兵力をもって決起した。未曽有のクーデター二・二六事件である。このクーデターによって斎藤実内大臣、高橋是清蔵相、渡辺錠太郎教育総監が殺害され、鈴木貫太郎侍従長は重傷を負った。皇道派青年将校の目的は、天皇親政の「昭和維新」を断行することにあった。農民の窮乏を救済し、沈滞した社会状況を打破するには、腐敗した政党政治を一新するほかはない、と思い詰めた点、五・一五事件の首謀者たちと軌を一にするが、規模と性格には格段の相違がある。二・二六事件の背景には、陸軍上層部の内部抗争、即ち統制派と皇道派の確執、主導権争いがあった。詳細は省くが、このような抗争、主導権争いの帰結としてクーデターが起きたのは、直接原因としては、日本軍に文民統制（シビリアン・コントロール）の思想と制度が欠落していたからである。帰するところ、市民革命を経ない日本近代の後進性がもたらしたもので、天皇の統治権と統帥権の独占、政党の無力と未熟、軍部の横暴、国民の無権利状態と政治意識の低さ、言論、結社の自由が保障されないことなど、その現われであった。昭和天皇が軍部の暴走を黙認または称揚したことが、いっそう軍部をのさばらせ、政党政治を萎縮させていったのである。二・二六事件は、こうした日本の政治と社会の矛盾、病理が一挙に表面に吹き出した不祥事であった。決起は失敗に終るが、この事件は日本のファシズム化と軍国主義化を一段と促進させた。二・二六事件も五・一五事件同様、民衆の反応はさまざまであった。すでに五・一五事件の短歌には触れたので、二・二六事件についての歌は最小限にとどめる。

呼吸《いき》をとめてただにラヂオをみつめたり眦《まなじり》熱きいきどほろしき　生田蝶介
あらあらしき力たのみて事はやるやからがともを許すべからず　上田英夫
テロリズムをうべなふらしき同僚に吾はかたくなに口噤みをり　寺島英亮

『昭和万葉集』巻三から選んだが、上田の歌は戦後に発表された。作者の多くは事件を「凶変」として批判したり、憎悪感、恐怖感を隠さないが、「テロリズムをうべなふ」人はもちろんいた。その心理は概ね五・一五事件と同様で、マス・メディアがテロリズム批判を果敢になし得なかったのは、農村の窮乏と体制の矛盾という底流を無視できなかったこと、軍部の内部抗争にかかわりたくなかったこと、軍部批判を避けたかったことなどが理由として挙げられる。

この時期、ジャーナリズムはすでに、言論機能を失っていたのである。ジャーナリズムの不可欠の機能と使命は、いうまでもなく権力批判、権力監視にあるはずだが、もはやそこにはそんな自由も気概もなく、逆に権力におもねる頽廃、権力以上に世論を煽る情報操作、あるいは事態を傍観する責任放棄が強まりつつあった。

この事件に限らず、クーデターやテロリズムに、少なくない民衆が同情や共感を寄せた原因は、政治的立場を超えた現状打破願望にある。その「現状」の一つ、それもきわめて大きな一つが農民の窮乏である。都市への反感と憎悪は、反資本主義や反中央主義、それらを貫流する農本主義と表裏一体であった。次に紹介する土屋公平の「新らしき地床」は、テロリズムやクーデターを直接題材にした作品ではないが。明治以降一貫する、農村（農民）からの都市・資本批判の典型詩といえよう。

都会は俺達を狙つてゐる墓穴だ
工場は俺達の喪章である
都会は何で生きてゐるのか？
百姓の血で！

都会はいま
資本と強権の爪をかくし
文化で粉飾し　淫楽の指で招く

都会は農土《つち》にその吸盤をふやし
百姓の肉を漁つてゐる
野原の草はガラスのやうに冷たくなり
蒼ざめた馬は積込まれる

俺達の娘はどうされてしまつたか？
青年の希望はどこへ行つたのか？
俺は見た
貪欲な鉄の腕が絶え間なくかき集めるのを
誘惑の灯でそこは一杯だ
搾取の顎が固まつてゐる
欺瞞の教育は悪水のやうに滲み腐り

淫蕩の芸術は悪臭を放つてゐる
盲目的な争闘の中で
考へて見ろ
　一体誰が兵糧を送つたかを

お前が鎧ふてゐる滑稽な学説を打砕くには
今一度あの大震災が必要だ
否!
否!
お前をのせてゐるこの踏台の一揺れで沢山だ
新しい地床が春を現すとき
お前等の上にうつろな波が鳴り響くのだ

「新しい地床が春を現すとき」が何を示すのか定かではない。が、農村を出自とする土屋公平のなかには、農本主義が濃厚にしみついていたことは歴然としている。おそらく五・一五事件や二・二六事件の首謀者たちも、土屋と同様「欺瞞の教育は悪水のやうに滲み腐り／淫蕩の芸術は悪臭を放つてゐる」と考え、感じたことは疑いない。彼らは都会の「誘惑の灯」を憎悪し、デカダン芸術を排する「マジメ人間」であった。が、「踏台」は一揺れで崩れるほどもろいものではなかった。この誤算はあとあとまで、彼らの現実認識を狂わせた。資本や都会の力を見くびっていた土屋たちの農本主義が時代錯誤であったことはいうまでもない。農本系アナーキズム詩人が、日中戦争前後、相次いで転向し、国策に同調してゆくのも、彼らの心情に濃淡の差はあれ、土屋公平と共通するものがあったからであろう。反資本主義の農村自治思想が、戦争中はマイナス因子となったのである。その点、彼らの一部と対立した秋山清が、「ある朝——昭和十一年二月二十九日」で、二・二六事件を沈着冷静に受けとめているのはさすがである。

二・二六事件をうたった短歌として有名なのが斎藤史の作品である。

春を断《き》る白い弾道に飛び乗つて手など振つたがつひにかへらぬ
暴力のかくうつくしき世に住みてひねもすうたふわが子守うた
銃座崩れことをはりゆく物音も闇の奥がに探りて聞けり

斎藤史は父瀏のもとに出入りする決起した青年将校たちと日頃接しており、彼らの思想の影響を受けたはずである。彼らへの親愛感を抱いていたことは確かといえる。彼らの「熱誠」に打たれることがあるのは自然で、そうした感情は以上の短歌にあらわれている。斎藤史の彼らへの共感は、普通の庶民とはちがって、日本浪曼派に近い。そのことは「暴力のかくうつくしき世に住みて」が端的に示す。日本浪曼派は満州事変を、「デスパレート」な状況を打破するロマンとして礼讃した。そこに美の陥穽があったのだが、それと同質とはいわないが、斎藤史も二・二六事件の歴史的意味を洞察できず、歴史を主情化し、小野十三郎のいう批評精神が抒情のなかに溶解する「短歌的抒情」の典型を示した。その対極に栗林一石路の俳句は位置する。

灰色の雪と見るにきょうはただならず二月二十六日
どこへ銃口をむけて機関銃の雪に濡れて伏す
たちまち市街へロープが張られてゆくを亀裂のように見ている
思うことをとうまい顔を重ね合ってぽたぽた降る雪

ここには決起軍に対する思いのたけの表出はなく、かえってクーデターへの恐怖と不安がひしひしと感じられる。渡辺白泉の「三宅坂黄套わが背より降車」も二・二六事件の年の作で、三宅坂が陸軍省・参謀本部の所在地、黄套が陸軍将校の外套であることを考えると、「背より降車」が、軍国主義への恐怖感をあらわしていることは自明である。

II

日中全面戦争は、一九三七年七月七日夜、北平《ペーピン》西南郊外盧溝橋近くで挙った数発の銃声に端を発している。偶発的なものであったらしく、真相はいまだ霧のなかである。はっきりしていることは、そこから生じた日中双方の小競合いを、日本の華北支配に利用しようとした事変拡大派が、日本陸軍の中枢にいたということである。この拡大派の強硬路線に、曲折を経ながら近衛文麿内閣も乗り、「今次事変は全く支那側の計画的武力抗日」であるという、一方的な声明を発し、停戦と和平の機会が何度もあったのにもかかわらずそれを逸し、全面戦争への破局の道を選んだ。華北制圧という野望が日本にあったからである。こうして初めは「北支事変」であったものが、戦線を中国全土に拡大する「支那事変」となり、果てしない泥沼戦争に陥り、中国民衆の惨禍を計り知れないものにしてゆくのである。南京大虐殺はその典型といえよう。この戦争のなかから、すぐれた作品が生まれたのは、作者それぞれに惨禍に心を凍らせ悲哀や苦悩を感受し、平和を願う深い人間性と、豊かな想像力があったからで、先ず川柳から挙げる。

皇国の哀れ秋しる枯穂立ち
万歳の声は涙の捨てどころ
戦死する敵にも親も子もあろう

地球儀の丸さの平和望ましく
華と散った次の蕾は乳房吸うている
国境を知らぬ草の実こぼれ合い
射抜かれて笑って死ぬるまで馴らし

以上井上信子

水叫坊

井上信子の「枯穂」は「皇国の哀れ」が掛かるゆえ、田圃の枯穂ではなく、戦死者であろう。夏に始まった日中全面戦争は、秋には相互に多くの戦死者を出した。井上信子の念頭には、中国兵戦死者への哀悼があったことは、「戦死する敵にも」の句から容易に想像できる。それだけに平和への悲願、近隣諸国との友好の念は強かったはずで、「地球儀」や「国境」の句はその願望の結晶であり、「華と散った」は、鶴彬の「胎内の動きを知るころ骨がつき」と一対をなす。水叫坊の句は、国家やマス・メディアの言論思想統制と操作の実態を衝いている。日中戦争下の反戦川柳では、やはり鶴彬の句が白眉である。

昂奮剤射たれた羽叩きてしやもは決闘におくられる
遂にねをあげて斃れるしやもにつづく妻どり子どりのくらし
しやもの国万歳とたふれた屍を蠅がむしつてゐる
おんどりみんな骨壺となり無精卵ばかり生むめんどり

稼ぎ手を殺してならぬ千人針
高粱の実りへ戦車と鉄の鋲
屍のいないニュース映画で勇ましい
出征の門標があつてがらんどうの小店
万歳とあげて行つた手を大陸へおいて来た
手と足をもいだ丸太にしてかへし

「昂奮剤」は前出の水叫坊の句と思想を共にする。井上信子の想像力が中国民衆にも及んだように、鶴彬もまた、日本軍戦車や兵士に畑を踏みつぶされる中国民衆に思いを馳せた。戦争の悲惨を訴えて比類ない作が最後の二句で、「胎内の動き」と並んで鶴の反戦川柳の代表作といっていい。鶴自身が日中全面戦争以前、金沢七連隊に入隊し、そこでの反戦活動（金沢七連隊赤化事件）のため軍法会議にかけられ、大阪衛戍監獄で服役、それを含めた四年間の兵役後除隊、三七年一二月検挙、三八年八月、留置場で赤痢に罹り、収監のまま豊多摩病院に入院、同年九月一四日、二九歳の若さで死んだ。権力による迫害死であった。

高崎隆治の『戦争詩歌集事典』（日本図書センター）は著者が長年蒐集した戦時下の詩歌句を収録したものだが、俳句のなかから印象に残った句を挙げておく。

雪の上にけもののごとく屠りたり
月落ちぬ傷兵いのち終りしとき　増田樟風
受けとりし戦死の報や火蛾狂ふ　矢村雨芒
炎天下馳せ戦ひて還らざる　飯田京畔
駅寒し白衣の兵に軍歌無く　厲朔夏
たたかひは蠅と屍をのこしすすむ　中山眉山
ぬかるみに高粱なぎ敷いて砲車ひく　大熨時雄
整列の兵皆個性失へり

以上長谷川素逝

忍従の兵這ひ泥土馬を喰らふ
飢ゑ極み月光深き谿に射す
一斉に死者が雷雨を駆け上る

以上片山桃史

山河雨季深めり戦友を焼いてゐる　森良太

殆んどが戦闘を体験した者の実感あふれる句で、苦汁に満ち、沈痛である。戦友の屍も「けもののごとく屠」られねばならない。丁重に扱ういとまもゆとりもないのである。死への馴れが、屍体処理を機械的にもするにちがいない。かくて「兵皆個性失」うに至る。厲や中山の句は鶴彬の川柳に通う。そういえば片山桃史の「たらちねの母よ千人針赤し」は、鶴の「稼ぎ手を殺してならぬ千人針」同様、肉親の無事を祈る家族の切実な願望がにじみでているが、「いのち終り」「雷雨を駈け上」った死者は数知れない。この「雷雨を駆け上る」や、増田の「火蛾狂ふ」は表現が卓抜である。後者の「狂ふ」は火蛾そのものではなく、戦死公報を受け取った肉親の、千々に乱れる心そのものであろう。

「プロレタリア短歌・俳句・川柳集」(『日本プロレタリア文学集』40　新日本出版社)のなかの俳句から、日中戦争にかかわる作品の一部を次に挙げる。

葬いの家出征の家路地のくらい蝙蝠
通夜をどぶくさい橋に出て千人針をたのまれる
すべて枯れたり水ふかく冬を棲む魚
いきどおりに燃えて夜の凍て迫るものに耐えている
しんじつ生きむに北風のすさぶ世間とは何だ
以上栗林一石路

歴史的に部隊が西へ行くこの国の資本がふくれてくる夏　橋本夢道

何も知らない馬は山のように糞して徴《と》発られていった
友ありこれなる神に誓いて征きぬまこと帰らず(明治神宮)
以上神代藤平

暗く海揺れ骨壺に書かれてある兵の名
白日下に兵の骨壺が捧げられる故国の青き山迫る
以上横山林二

栗林一石路の句には、「冬の時代」をじっと耐えている人間の苦悩と、俗衆への怒りがたぎっており、橋本夢道は、戦争と資本主義のかかわりを衝いて鋭い。「山のように糞して徴発《と》られていった」軍馬もあわれであり、故国に還る遺骨も悲痛で、それを象徴するものとして海の暗さや、迫る青き山がある。

この時期、戦争にかかわる名句の多くは新興俳句運動に連った俳人のなかから生まれた。もともと彼らは伝統俳句に反旗を翻し、花鳥諷詠と季題にこだわらず、題材を広く社会や生活に求めたので、戦争もまた俳句の主題となった（「戦火想望句」）。なかでも最も注目されるのが渡辺白泉である。彼には秀句が多い。

繃帯を巻かれ巨大な兵となる
全滅の大地しばらくは見えざりき
戦争が廊下の奥に立つてゐた
赤く蒼く黄色く黒く戦死せり
戦場へ手ゆき足ゆき胴ゆけり
赤の寡婦黄の寡婦青の寡婦寡婦寡婦寡婦

「戦争が」は戦争の擬人化、「奥」が戦争の不気味さと恐怖を表わして秀逸。「戦場へ」は鶴彬の「手と足を」を彷彿させる。次は高屋窓秋。

朝に泣きゆふ河なみとながれき
母の手に英霊ふるへをり鉄路
弔旗垂れ黒き河なみはながれき
英霊を抱き明けたる河の汚穢《おえ》

「河の汚穢」は「黒き河なみ」であると同時に、戦争や遺族の暗さ悲しさにつながる。三、四句こそ遺族の真情。「軍国の母」「軍国の妻」美談が虚構であることは、佐々木巽の「未亡人泣かぬと記者はまた書くか」からも明らかだ。息子や夫の非業死を本心から喜ぶ肉親がどこにあろう。西東三鬼にも名句がある。

兵隊がゆくまつ黒い汽車に乗り
僧を乗せしづかに黒い艦が出る
黒雲を雷が裂く夜のをんな達
腹へりぬ深夜の喇叭霧の奥に

「黒」は窓秋の句同様、戦争の象徴で三鬼の戦争観の色彩表現、と私はみる。「雷」といえば三鬼は「昇降機しづかに雷の夜を昇る」（三七年作）が後年、治安維持法に触れるとして逮捕の一因となった。官憲の疑心暗鬼の好例といえよう。官憲のいう「社会不安を煽る」意図など三鬼にはなかった。官憲の恣意の恐しさから、私は三鬼の「空港に憲兵あゆむ寒き別離」を想起する。さて、富沢赤黄男に移ろう。

戞々とゆき戞々と征くばかり
幻の砲車を曳いて馬は斃れ
蛇よぎる戦《いくさ》にあれしわがまなこ
沛然と雨ふれば地に鉄甲
翡翠よ白き墓標のあるところ
やがてランプに戦場のふかい闇がくるぞ
鶏頭のやうな手をあげ死んでゆけり
寒月のわれふところに遺書もなし

富沢赤黄男は三七年九月から二年間、中国各地を転戦した工兵少尉。「鉄眼によれば白鷺とほくとべる」や「翡翠」「寒月」「鶏頭」などの自然に託して戦争をとらえた。戦場の「闇」の恐怖は、片山桃史の「闇ふかく兵どどと着きどどとつく」の秀句と共に忘れがたい。新興俳句運動の人ではないが、山頭火にも次の句がある。

日ざかりの千人針の一針づつ
月のあかるさはどこを爆撃してゐることか
遺骨迎ふしぐれつつしづかにも六百五十柱
遺骨を抱いて帰郷する父親
ぽろぽろしたたる汗がましろな函に

その新興俳句運動の人々も四〇年二月の平畑静塔らを皮切りに、四三年一二月にかけ次々と逮捕され終息した。「ただならぬ世」（中村草田男）の到来であった。

Ⅲ

日中全面戦争下の短歌も、山東出兵や満州事変同様、出征の懊悩、肉親の悲嘆、非業死の無念などが共通する。ただ日中戦争は長期に及んだので、その規模ははるかに大きい。三首だけ『昭和万葉集』から引き、以下宮柊二と渡辺直己に絞る。「吾が覚悟うべなふ妻が手足もげても生れむ子のため帰り来よとぞ　山口重吉」「万歳の叫びを浴びて征く吾の車窓に母は声なくすがりぬ　岩井一乗」「ひしと抱きわれをあはれむみ心のしみてぞかなし早や暁《あけ》となる　吉川たき子」

宮柊二は応召され、幹部候補生になる資格があったのにかかわらず、あえて一兵に徹した。「おそらくは知らるるなけむ一兵の生《い》きの有様《ありざま》をまつぶさに遂げむ」「悔あらぬ兵を遂げむ」心境からであった。

秋霧を赤く裂きつつ敵手榴弾落ちつぐ中にわれは死ぬべし
弾丸《たま》がわれに集まりありと知りしときひれ伏してかくる近視眼鏡を
麦の穂《ほ》を射ち薙ぎて弾丸の来るがゆゑ汗ながしつつ我等匐ひゆく
数知れぬ弾丸《たま》をし裹《つつ》む空間が火を呼ぶごとくひきしまり来つ

ここには実際に戦闘を体験したものの臨場感、緊張感が漲っている。読者の膚が「ひきしまる」ほどである。宮柊二はこうした戦闘の実態を冷静に凝視し、感傷に溺れない。この透徹した抒情の質は、次のような歌に結晶する。

自爆せし敵のむくろの若かるを哀れみつつは振り返り見ず
帯剣の手入をなしつ血の曇り落ちねど告ぐべきことにもあらず

ひきよせて寄り添ふごとく刺ししかば声も立てなくくずをれて伏す

「落ち方の素赤き月の射す山をこよひ襲はむ生くる者残さじ」が戦闘の目的であり、一兵の任務である。「生くる者残さじ」は敵側においても同様で、それゆえ双方の戦傷者は山河を血で染める。「死《しに》すればやすき生命《いのち》と友は言ふわれもしかおもふ兵は安しも」の実感となる。「兵は安しも」はまた宮柊二の戦争と軍隊批判でもある。「ひきよせて」は宮の陣中詠の傑作として名高いが、同じ殺戮の歌は他の歌人にも目につく。陣中詠にかぎらず、宮の短歌の抒情の特質は気韻である。そしてこの気韻は凄絶な抒情と表裏一体であることは、戦闘詠からも実証されよう。それゆえ、「泥濘に小休止するわが一隊すでに生きものの感じにあらず」や「限りなき悲しみといふも戦に起き伏し経れば次第にうすし」のような、軍隊、兵士の本質を洞察することができたし、「古《いにしへ》より今に黄河が耕しし大き民族をわれは憶はむ」とうたい中国文明と人民に畏敬の念を抱いたのである。なお彼の歌集『山西省』の「続後記」には、中共軍兵士の高い道徳が称えられている。

当時、すぐれた陣中詠として注目されたのが渡辺直己である。所属していた『アララギ』で選歌した土屋文明も注目し、中野重治も戦場体験の迫真性について言及した。渡辺は宮柊二のような一兵ではなく、陸軍歩兵少尉として中国各地を転戦した。召集前は高等女学校の教師であり、歌人を目指した芸術青年でもあっただけに鋭敏細織な感受性と、豊かな見識を持っていた。中国観や戦争観には宮と共通したところがある。農民出身の兵士などとの感性や教養のちがいは歴然としていた。渡辺の思想と繊細な感性は当然、短歌のなかに活写され、それがまた彼の歌の大きな特徴となった。

近代戦の惨虐さをしみじみと思ひ居り兵等寝入りし暑き兵舎に
やがて亡き生命と思へ酒のみて白々しき心今宵もはれず
いたく死が怖しく思はるる日がありて今宵白々とめざめて居りぬ
教育よりも祖国防衛の本能なりと吾は言ひ切りぬ反対者多かりき
事もなく戦死者を語る現役将校に特異なる神経を思ふたまゆら
敗戦の民見つつ行く街上に戦捷の寂しさも浮べて居りき

ここには死を怖れ、眠れぬ一夜を悶々とし、近代戦の惨虐に心を傷め、戦死者をこともなげに語る現役将校に違和感を抱き、戦捷の寂しさを味わう一将校の姿がある。が、その思いを貫通できないところに戦場の冷酷さがある。

秋深む山西の野に闘ひて獣の如く今朝も目覚めぬ
手榴弾に脚抄《も》がれたる正規兵に我が感情も既に荒みぬ
逃れ行く匪賊が見る見る倒れたり我が闘争心理よ小気味よし

逼り来る戦の幻影に悩みつついつしか我も凶暴になりゐぬ
耐へて来し心を今や粉々に砕きて獣の如く荒れたし

どんな人間性豊かな人をも、「特異な神経」の持主に変えるところに戦争の恐ろしさがある。こうして普段の暮らしのなかでは善き夫であり、やさしい父であったような人間が、凶暴な振る舞いに及ぶのである。渡辺直己の歌の一つの特徴は、中国や中国人に対する蔑視観にとらわれず、むしろ正しく見据えているところにある。前出の「祖国防衛の本能」もそうであり、次の歌にはいっそう正しい中国（人）認識が示され、読者を感動させる。

照準つけしままの姿勢に息絶えし少年もありき敵陣の中に
頑強なる抵抗をせし敵陣に泥にまみれしリーダーがありぬ
新しき支那の力を感じつつ中山陵を下る暑き光に
射ぬかれし運転手をのせて夜の道を帰りつつ思ふ共匪の強さを
支那民族の力怪しく思はるる夜よしどろに酔ひて眠れる
壕の中に坐せしめて撃ちし朱占匪は哀願もせず眼をあきしまま
涙拭ひて逆襲し来る敵兵は髪長き広西学生軍なりき
幾度か征服されし漢族が生きつぎてゆく大河の如く

ここには日本人が日頃、「チャンコロ」と侮蔑した中国人とは異質の中国人がいる。偉大な中国の歴史や文化がある。もし日本人が、ここにうたわれたような中国人の真の姿を認識していたら、あるいは日中戦争は起こらなかったかもしれない。日本人は己を知らず、ましてや敵を知らなかったのである。このほか香川進の戦場回想歌『氷原』や、岡野弘彦の『冬の家族』に秀歌が多いが、いずれも戦後の作品なので割愛した。近藤芳美の「果てしなき彼方に向ひて手旗うつ万葉集をうち止まぬかも」は鈴木六林男の句「遺品あり岩波文庫『阿部一族』」とともに私の愛誦作である。以上の作品に比べ、理念や観念のみで戦争をうたった高名な歌人の作品はおしなべてつまらない。

国こぞる大き力によこしまに相むかふものぞ打ちてしやまむ
くろがねの兜かむりていで立ちぬ大君のため祖国《おやくに》のため
ひむがしの亜細亜を照らす天《あめ》なるや光のごとき大聖勅《おほみことのり》
あめつちにただ一つなる命さへ今ぞささぐる悔はあらめやも
漢口は陥りにけり穢れたる罪のほろぶる砲の火のなか
以上斎藤茂吉

我が族《うから》すでに一人はいさぎよしくわうくわうと空に散りつつ消えぬ
誉とぞ世人讃へむ我も然りその老ひし父も厳《いつ》かしくあらむ
以上北原白秋

いわゆる銃後にあっても戦争を、茂吉や白秋とはちがう視点で見た歌人に、土岐善麿や坪野哲久がいる。

建設のいかなる部門に与かるべきかいのち捧げむは容易なれども
時局のもとに離合集散する堂人のごとくなり得ば容易なるべし
滔々たる世間のすがたはさもあらばあれわれは常にこころを新たにす
その顔を見しこともなく帰り来し遺骨を迎へ旗たてにけり
わが家を宿舎としつる老兵のいくさ語りは敵を殺さず（帰還）
身に近くいまだひとりも死なざれどいくさはいつを終りとすべきか
人と人との愛するよりほかはなきことを国と国との間に実証す
遺棄死体数百といひ数千といふいのちをふたつもちしものなし

以上土岐善麿

当時の国家指導者のスローガン「暴支膺懲」に与しない土岐善麿の平和への希求は清々しい。土岐の思想は必ずしも、反戦平和主義ではなかったと思うが、殺戮を憎み、一日も早い戦争の終結を望んでいたことが判る。「人と人との愛」の歌には、武力よりも「愛」という土岐の理念が示されていて、俗衆との対立を浮彫させる。勝ち誇ったように敵の「遺棄死体」の多さを吹聴する軍やジャーナリズムに抗し、生命の尊さを訴える土岐のヒューマニズムは特筆されてよい。「その顔を見しこともなく」や「老兵」の歌にもいえることで、土岐の深い人間性を示す。

ところが土岐善麿のこれら一連の歌に対し、戦争協力者たちは猛々しく罵った。『昭和万葉集』巻五の解説によると、桐谷侃三は雑誌『潮音』（一九四〇年一一月号）で、「建設の」の歌に対しては、「日本の当面してゐる建設を疑ひ、その建設への努力と献身とを拒否する表現」、「遺棄死体」の歌には「皇軍への軽視であり、愛敵思想」と断定、「老兵」の歌には、「帰還老兵の戦争談を借りて、戦争惨事から反戦思想を暗示」したと迫り、その「大それた反国家的皮肉」を槍玉に挙げ、土岐を「強烈自由主義者」と決めつけ、返す刀で掲載誌をも「非国家的行為」となじった。国策への疑問や批判は、容赦なく非国民、反国家として斬り捨てられたのである。次に掲げる坪野哲久の歌は、土岐善麿と共通するヒューマニズムが、韜晦の形で表出され、それが格調高い響きとなっている。

若きらは丈夫《ますらを》さぶとおごれりし散りまどふ花の団《かたまり》とかも
国中の若きら多く死したりと吁《あな》むざむざといふがごとくなる
くちぐちに多勢を恃《たの》むこゐあぐれ魯《おろか》しわれや個をさぐりかねつ
生きいきと小我の鬼を潜ませつつおのれじりじり血を流すべき
戦場に征でたつ友らうらわかし大きなげきをこめつつゆけり
ノモンハンにうち重なりて斃れしを日本の兵と豈いわめやも
富みたるが銭捐《す》つる何ぞ貧しきものいのち献げつついよいよけはしき

きやつらは婪《むさぼ》るなきか若者の大いなる死を誰かつぐなふ

個に執し個をかたむけてきりひらかばすがやかならめあめつち通う

人あまた神詣せり真なりやおごりはびこるやからまじりて

戦争は人の感情を昂ぶらせ、狂気にまで至らしめる。こうして集団ヒステリーが社会に蔓延する。悪気流に附和雷同せず、「個に執」することがいかに至難な業かは、戦争を体験した者でなければ実感できない。異常が正常となり、正常が異常と目されるのである。「滅私奉公」が行動原理とされ、「公」は国家と同義であったから、「小我」といえども内に「潜ませ」ざるを得なかった。その実、「滅私奉公」を提唱した指導層は私利私欲に走った。

坪野は彼らを「婪るなきか」と問い、いくばくかの「義捐金」寄附を得意げにいう彼らの偽善を糾弾した。

坪野哲久の歌には、反戦平和の明確な意思表示はないが「戦場に征でたつ友ら」に見られるように、勇躍ではなく「大きなげき」を感じとっているのは、名誉ある出陣の「公観念」を肯定していなかったからにちがいない。

いわゆる専門詩人ではない兵士の詩にもすぐれた作品が少くない。『きけわだつみのこえ』(岩波文庫)に収録された田辺利宏の「夜の春雷」もその一つである。戦死者への鎮魂詩だが、彼もまた後を追うように一九四一年八月、華中で戦死した。引用は終連のみ。

悲しい護国の鬼たちよ!
すさまじい夜の春雷の中に
君たちはまた銃剣をとり
遠ざかる俺たちを呼んでいるのだろうか。
ある者は脳髄を射ち割られ
ある者は胸部を射ち抜かれて
よろめき叫ぶ君たちの声は
どろどろと俺の胸を打ち
びたびたと冷たいものを額に通わせる。
黒い夜の貨物船上に
かなしい歴史は空から降る。
明るい三月の曙のまだ来ぬ中に
夜の春雷よ、遠くへかえれ。

友を拉して遠くへかえれ。

省略した二連のなかに、「彼らはみなよく戦い抜き／天皇陛下万歳を叫んで息絶えた。」という、当時の常套句があるが、軍隊内手記であることを考えれば、これを額面通り受け取るべきではあるまい。田辺の詩では、次の「雪の夜」が理性の健在を示している。

人はのぞみを喪っても生きつづけてゆくのだ。
見えない地図のどこかに
あるいはまた遠い歳月のかなたに
ほの紅い蕾を夢想して
凍てつく風の中に手をさしのべている。
手は泥にまみれ
頭脳はただ忘却の日をつづけてゆくとも
身内を流れるほのかな血のぬくみをたのみ
冬の草のように生きているのだ。

遠い残雪のような希みよ、光ってあれ。

たとえそれが何の光であろうとも
虚無の人をみちびく力とはなるであろう。
同じ地点に異なる星を仰ぐ者の
寂寥とそして精神の自由のみ
俺が人間であったことを思い出させてくれるのだ。

「寂寥と精神の自由」ほど、軍隊にとって邪魔なものはなかった。田辺はその自由を、精神という密室のなかで育んだ。こういう型で「小我」を守ったのである。『きけわだつみのこえ』には、第二集にも松永茂雄（一九三八年、華中の呉淞野戦病院で戦病死）の詩三篇が収録されているが、そのなかから「オデッセイ」を引く。

おろかな私たちは空しいさだめのままに
名も知れぬ無限の戦《いくさ》を戦っている
地図を持たない私らの旅のはてに
待っているのは栄光か屈辱か

人間の知性を麻痺させてしまうような

困苦欠乏の連続の間にも
浅薄な偽《いつわり》の正義は正体を露わし
兵士らは道化た自分の使命を覚った

祖国への信頼を失ったものたちに
帰るべき心のふるさとはすでになく
残されたものはただ行方のない郷愁ばかり

かくて日本を恋うる人々は幸福である
でもかわいそうにそれは野鴨の幸福である。
光に遭うと色褪せる偽の青い鳥である。

詩そのものは田辺に比べ劣るが、画一主義に抗する知性を最期まで持ち続けたことは立派である。松永茂雄は弟竜樹（一九四四年五月、中国河南省で戦死）や立原道造などと同人誌『ゆめみこ』を出した文学青年で、同じ本に収録された「ギネメルとマンフレッド」のほうに、詩人としての資質がうかがえるが、ここではあえて、祖国に希望を見い出せない、魂の漂泊者としての松永を取り上げた。戦争は田辺や松永のようなすぐれた才能を、無残に奪ってしまったのである。

V

山室静は佐藤惣之助の詩「支那事変」を解説し、「支那事変当時は、のちに戦争に協力するにいたった詩人の多くも、まだ多分にこの戦争に批判的懐疑的だった。それを佐藤は最初からこのように手放しで讃美している。だからとて彼を、戦争謳歌者、帝国主義の礼讃者とするのが行きすぎのことは言うまでもない。」（中央公論社版『日本の詩歌』13）と書いている。その作品を次に示す。

事変は、今朝
溌剌、少年の瞳に
暁の火を点じた
それは何、燦たる祖国！

軍一色の街は
スミレ色の娘の胸に
新太陽を拉し来り
幸ある祖国を染めた

祖国、祖国

応召兵の眉宇を見よ
新兵器の尖端を見よ
祖国は在る、火の如く在る

そは神の如く古い
母よりも郷土よりも親しい
血よりもあたらしきもの
メシとタクワンのある**ニッポン**！

偉なる哉、祖国
明日は死ぬ三文詩人の私にも
あなたに捧げる小さな薬莢がある
人生最後の一弾がある！

いうまでもなくこの詩一篇をもって佐藤惣之助を「戦争謳歌者、帝国主義の礼讃者」と即断することはできない。が、民族主義者、祖国礼讃者とは断言できる。「溌剌」「燦たる」「新太陽」「眉宇」「火の如く」「神の如く」などの語彙は、佐藤の思想に対応した「ますらおぶり」である。「メシとタクワンのある**ニッポン**!」は農本主義にも通底する。佐藤にはそういう貧しい日本も、「祖国」の光栄を担うものであった。

この民族主義、「祖国礼讃」からは、民族や「祖国」を批判し分析する知性は生まれようがない。「支那事変」の本質や性格を、理性に基づいて検証することは問題にならず、日中戦争が国威宣揚、民族の「溌剌」さ、快挙としてしか考えられなかったのである。「新太陽」「神の如く」という言葉は、世紀の威業を成し遂げんとする「祖国」への頌歌で、「戦争謳歌」や「帝国主義」以前の浪漫的心情といえよう。

民族主義といえば、佐藤惣之助の「支那事変」と同じ一九三九年に書かれた蔵原伸二郎の「序詩」も、「戦争に勝つ人種は戦争に勝つ詩人を生み出す/滅亡する人種の行き過ぎの知性などあまりお手本にするな/詩に必要なるものは民族の血だ」(部分)とうたい、知性よりも「民族の血」の優位を力説し、理性の喪失を白日の下に曝した。これら詩人にとっては、社会や歴史はすべて、「民族の血」に収斂される。「民族」という実質や概念が、近代の所産であることは蔵原の理解を超える。蔵原がアジア主義に傾倒したのは、「民族の血」意識が、アジアの盟主日本意識と不可分であったからにちがいない。

日中戦争中、汪兆銘傀儡政権の宣伝部門で働いていた草野心平には、大アジア主義による五族協和思想もあったと思うが、それよりも若い頃留学した中国への強い愛着が、逆に日本主導の戦争→和平による中国統一への期待と願望をふくらませ、彼の思想を武装解除させてしまったのではないか。心平の詩「大動乱」が示すように、「政治と大砲が前にのり出し。／思想はうしろにぼうつとかすみ。／地球のぐるりの。／あらゆるものの盛りあがりから。／遂に大きな動乱はきたのだ。」――この動乱に直面し、若い頃の心平をとらえた心情的アナーキズムの「思想」など、宇宙の微塵となり果てたのである。のちに戦争詩人の代表格となった高村光太郎の「地理の書」は、アジアの盟主意識の嚆矢となった作品であろう。(引用は部分)

大陸の横圧力で隆起した日本彎が
今大陸を支へるのだ。
崑崙と樺太につながる地脈はここに尽き
うしろは懸崖の海溝だ。
退き難い特異の地形を天然は
氷河のむかしからもう築いた。
これがアジアの最後を支へるもの
日本列島の地理第一課だ。

求道派詩人高村光太郎がこうなった経緯については後述する。民族主義やアジア主義、求道派ともちがった地点、雅語や文語や定型といった伝統に回帰する形で戦争に和したのが三好達治であった。三好の詩の本質が短歌的抒情にあることは、第一詩集『測量船』のなかの、「春の岬旅のをはりの鷗どり／浮きつつ遠くなりにけるかも」や、『日まわり』を短歌集と名付けていることなどからも明らかである。それでいて三好が知的な抒情詩人と呼ばれるのは、口語散文詩や四行詩に見られるように、西欧モダニズムを通過したからにちがいない。

が、戦争はそうした詩的モダニズムを粉砕した。三好詩の本質、雅語、文語、定型への憧憬が、戦争に対する三好の感情を容易に主情化し、知性の介在を排した。こうして雅語、文語による戦争美化の定型詩が生み出された。それは斎藤茂吉や結城哀草果が「……撃ちてしやまむ」の短歌に調《しらべ》を乗せた情緒性と同根のものである。その典型が「この日あきのかぜ蕭々と黝みふく／ふるさとの海べのまちに／おんたまのかへりたまふを／よるふけてむかへまつると」の調《しらべ》で綴られる「おんたまを故山に迎ふ」（部分）である。が、この雅語調も対米戦争時には生硬な漢語調に代る。「いったい三好はどこに行ってしまったのか、いかなればかくのごとき仕儀に落ちたのか、わたしの側から見て茫然とするような、どうにも納得しがたいような時期と作品」と回想したのは石川淳であった。（中央公論社版『日本の詩歌』22）

以上の詩人たちに比べ、金子光晴のこの時期の詩は、批判的理性の健在を示す。

偽装をこらした金子光晴の詩集『鮫』が刊行されたのは日中全面戦争勃発の翌月、すなわち一九三七年八月であった。この詩集について金子は、自伝『詩人』のなかで、「『鮫』は、禁制の書だったが、厚く偽装をこらしているので、ちょっとみては、検閲官にもわからなかった。鍵一つ与えれば、どの曳出しもすらすらあいて、内容がみんなわかってしまうのだが、幸い、そんな面倒な鍵さがしをするような閑人が当局にはいなかった。／なにしろ、国家は非常時だったのだ。わかったら、目もあてられない。『燈台』は、天皇制批判であり、『泡』は、日本軍の暴状の暴露、『天使』は、徴兵に対する否定と、厭戦論であり、『紋』は、日本人の封建的性格の解剖であって、政府側からみれば、こんなものを書く僕は抹殺に価する人間だったのだ。」（平凡社）と書いている。

こうした状況は、「追窮するな、／人人に、いまそれを答へる自由さへないのだ。／ものをいふことも、字を書くことも、考へることも許されないのだ。」（『塀』部分）からもうかがうことができる。したがって、「天皇制批判」も、「日本軍の暴状の暴露」も、幾重もの偽装を要した。「燈台」から見よう。

一

そらのふかさをのぞいてはいけない。
そらのふかさには、
神さまたちがめじろおししてゐる。

飴のやうなエーテルにただよふ、
天使の腋毛。
鷹のぬけ毛。

青銅《からかね》の灼けるやうな凄じい神さまたちのはだのにほひ。秤《かんかん》。
そらのふかさをみつめてはいけない。
その眼はひかりでやきつぶされる。

そらのふかさからおりてくるものは、永劫にわたる権力だ。

そらにさからふものへの
刑罰だ。

信心ふかいたましひだけがのぼる
そらのまんなかにつったたった、
いっぽんのしろい蝋燭。

――燈台。

三

こころをうつす明鏡だといふそらをかつては、忌みおそれ、

――神はゐない。

と、おろかにも放言した。

それだのにいまこの身辺の、神のいましめのきびしいことはどうだ。うまれおちるといふことは、まづ、このからだを神にうられたことだった。おいらたちのいのちは、神の富であり、犠（いけにへ）とならば、すすみたってこのいのちをすてねばならないのだ。

…………。

…………。

つぶて、翼、唾、弾丸《たま》、なにもとどかぬたかみで、安閑として、
神は下界をみおろしてゐる。
かなしみ、憎み、天のくらやみを指して、おいらは叫んだ。
――それだ。そいつだ。そいつを曳づりおろすんだ。

だが、おいらたち、おもひあがった神の冒涜者、自由を求めるもののうへに、たちまち、冥
　罰はくだった。
雷鳴。
いや、いや、それは、
燈台の鼻っ先でぶんぶんまはる
ひつっこい蠅ども。
威嚇するやうに雁行し、
つめたい歯をむきだしてひるがへる

一つ
一つ
神託にのせた
五台の水上爆撃機。

金子光晴の「天皇制批判」は、実にこういう形でなされた。まさにそれは「神の冒涜者」であり、検閲官がその真意を見抜けなかったのが不思議なくらいといえよう。「日本軍の暴状の曝露」という「泡」でも、「軍艦どものいん気な筒ぐちが／『支那』のよこはらをぢっとみる。／ときをり、

けんたうはづれな砲弾が、／濁水のあっち、こっちに、／ぽっこり、ぽっこりと穴をあけた。／その不吉な笑窪を、おいらはさがしてゐた」（部分）のように婉曲である。周到な工夫がこらされている。「ガス」「いん気な筒ぐち」「濁水」「曇天」などという言葉がまた、戦争と「日本軍の暴状の曝露」の状況描写として、効果を強めている。ここには日本軍の勇武を象徴する明るい言葉はない。

日本封建制批判としての「紋」は、高村光太郎の初期の傑作「根付の国」に共通する痛烈な作品で、いわゆる日本美の欺瞞を曝いたものだが、詩集『鮫』のなかでの第一等の作は「おとっとせい」であろう。この詩は「虚無《ニヒル》をおぼえるほどいやらしい」おとっとせいに託して、衆愚を完膚なきまでに批判したもので、「ヴォルテールを国外に追ひ、フーゴー・グロチウスを獄にたゝきこんだのは、／やつらなのだ。」という俗衆は、もちろん日本人を含む。「おゝ。やつらは、どいつも、こいつも、まよなかの街よりくらい。やつらをのせたこの氷塊が、たちまち、さけびもなくわれ、深潭のうへをしづかに辷りはじめるのを、すこしも気づかずにゐた。」というのが、戦争の破局に向う状況を自覚できない「凡庸」な俗衆としての、当時の日本人を念頭に置いていることは明らかだ。それゆえ、「やつらがむらがる雲のやうに横行し／もみあふ街が、おいらには、／ふるぼけた映画《フィルム》でみる／アラスカのやうに淋しかった。」のである。この「淋し」さは、俗衆に雷同しない、批判的理性の宿命といえるもので、単独者は常にそれを味わわねばならなかった。金子光晴は、若い頃から、そういう人生を歩んできたのである。ただ戦後、これらの詩は改竄されている、という指摘があり、私もそれを認めるが、本質的な部分はゆるがないと思うので、戦後の全集に従った。

日中戦争中、小熊秀雄も「丸の内」で、戦争を事変に矮小化した日本政府の責任能力の欠如を諷刺したが、遺稿となった「画帳」では金子光晴同様、カムフラージュして侵略戦争を批判した。

平原では
豆腐の上に南瓜が落ちた。
クリークの泥鰌の上に
鶏卵が炸裂した
コックは料理した
だが南瓜のアンカケと
泥鰌の卵トジは
生臭くて喰へない
盃の上に毒を散らし
敷布の上に酸をまく
罪なき旅人が
その床の上に眠らなければならぬ

太陽の光輝は消えて
月のみ徒に光るとき
木の影を選んで
丸い帽子が襲つてくる、
堅い帽子はカンカンと石をはねとばし
羅紗の上着は悲鳴をあげる
ズボンは駈けだし
靴が高く飛行する
立派な歴史の作り手達だ
精々美しく空や地面を飾り給へ
豪胆な目的のために
運命をきりひらく者よ、
君達は知つてゐるか
画帳の中の人物となることを、
然も後代の利巧な子供達が
怖ろしがつて手も触れない
画帳の中の主人公となることを。

「南瓜が落ちた」も「鶏卵が炸裂した」も、日本軍の中国攻撃の比喩であることは断るまでもない。「生臭くて喰へない」コックの料理は、日本の占領政策を指す。「画帳の中の人物」を忠君愛国の士として讃える権力への批判は、まさに批判的知性そのものである。高知の詩人で詩誌『車輪』に拠っていた倉橋顕吉も、批判的知性を抒情詩に託した。「アッコオデオンに就いて」は日中戦争直前の作だが、時流への抵抗をひそめた佳作で、中野重治の系譜に連なる。

暗い夜だろうが
暁の歌は良い
時を間違えた鶏の様に
ぼくらは
とぼけては居ない
外は荒々しい風が唸り
恐らく
吹雪かも知れない
そして夜明けは
まだまだ遠いだろうが
ひき給え

瑞々しい春風の様に
あけぼのを歌う声は快い

ぼくらは見る
きみの浸っている喜びが
いかに素直な調和《ハーモニー》であるか？
透明な歌声のために
いるものといらないもの
それらの区別を
正しく呼吸しながら
きみの手に
アッコオデオンはうねる――
沢山の金具が
いかにきらきらと
輝いているか？
緊張した表情をもっているか？
もっともっと

力をこめてひき給え
歌声のために
夜もない　暁もない
そして
明るいあけぼののために
歌声はあるだろう
全ての組織と運動を
力あるハーモニイのために！
そうだ
その様に
きみはひき給え
耳傾け
眼をみはり給え
恍惚たる少年の表情を以って

たしかに「外は荒々しい風が唸」っていた。『車輪』のような小雑誌も、権力にとっては目障りであったのであろう。この詩を再録した『日本プロレタリア文学集』第39巻の解説によると、日中戦争勃発の年、発売禁止処分を受けたという。ちなみに倉橋の「M伸銅附近の野にて」(四〇年)は、「人間の声のみ、きこえない。」時代を、風景に託してうたった佳品である。

六、拡大する戦争

I

日本が米・英・仏・蘭などの連合国と交戦するに至ったのは、日中戦争に端を発している。日中戦争がなければ連合国との戦争は避けられたと思う。日本軍による中国占領地域の拡がりと恒久駐留は、中国における米英の権益を脅かすに至り、米英は日本の力を排除するため、中国援助に乗り出した。特に占領地が中国南部にまで及び、日本の南進政策が明確になると、東南アジアに植民地や権益を持つ米英は、事態を座視できず、日本に経済制裁を加える。両者の対立を一段と深刻にしたのは、日本軍の北部仏印駐留（一九四〇年九月）と南部仏印進駐（一九四一年七月）で、目的は米英の中国支援ルートの遮断と、南方資源の獲得であった。中国を恒久支配するためには、東南アジアは戦略的にも経済的にも日本には必要であったが、そのためには米英との衝突、戦争を覚悟しなければならない、というディレンマがあった。

日本にとって戦争を避ける唯一の道は、中国からの全面撤退で、米国も強くそれを求めたが、そこまで日本は決断できず、日米交渉は決裂し、一九四一年十二月八日、日本軍はハワイ真珠湾を奇襲攻撃し、戦端が開かれたのであった。対米英戦が日中戦争に起因するというゆえんである。

中国文学者竹内好は対米英戦争の翌年、「東亜に新しい秩序を布くといい、民族を解放するということの真意義は、骨身に徹して今やわれらの決意である。何者も枉《ま》げることの出来ぬ決意である。われらは、わが日本国と同体である。見よ、一たび戦端の開かれるや、堂々の布陣、雄宏の規模、懦夫をして立たしめるの概があるではないか。／この世界史の変革の壮挙の前には、思えば支那事変は一個の犠牲として堪え得られる底のものであった。支那事変に道義的な苛責を感じて女々しい感傷に耽り、前途の大計を見失ったわれらの如きは、まことに哀れむべき思想の貧困者だったのである。／東亜から侵略者を追いはらうことに、われらはいささかの道義的反省も必要としない。敵は一刀両断に斬って捨てるべきである。われらは祖国を愛し、祖国に次いで隣邦を愛するものである。われらは正しきを信じ、また力を信ずるものである。／大東亜戦争は見事に支那事変を完遂し、これを世界史上に復活せしめた。今や大東亜戦争を完遂するものこそ、われらである」（「大東亜戦争と吾等の決意」（宣言）『中国文学』（一九四二年一月号、鶴見俊輔『私の地平線の上に』潮出版社より孫引き）と書いたが、本末転倒であろう。

いわゆる「大東亜戦争」は日中戦争という侵略の帰結によって勃発したのであって、「東亜から侵略者を追いはらうこと」を目的としていなかった。むしろ「東亜」の新しい支配者＝侵略者として東南アジアに侵攻したのである。したがって、「支那事変に道義的な苛責を感じて女々しい感傷に耽り、前途の大計を見失った」竹内好が、「大東亜戦争」によって苛責感を払拭できたというのは、その戦争の本質と「大計を見失った」からにほかならない。

緒戦の勝利は真珠湾だけでなく、マレー沖では英国東洋艦隊の二隻を撃沈し、進撃は陸上でも目覚しかった。この大勝利に国民は酔い、手放しの喜びようで、昂奮は極まった。日本軍はなんて強いんだろう、無敵なんだろうとあきれるほどであったかもしれない。当時、国体思想と軍国主義に洗脳されていた私たち軍国少年は、日本が勝つのは当り前と思うようになっていた。

日米戦争に対し国民は、対立矛盾した考えを持っていた。米国撃つべしの感情と、強大国米国と戦争することへの怖れと不安が同居していた。米国は憎いが、絶対に勝てる、という自覚もなかったからである。その怖れと不安を拭い去ったものが緒戦の大勝であった。米国撃つべし、の感情が強い以上、つまり、反戦平和主義の思想や運動が現実に展開されていない以上、緒戦の大勝利は怖れや不安を払拭し、逆に戦争を肯定し、「皇軍」を讃美する気運を盛り上げたのである。国民の顔に、「いまや幸せなくつろぎと深い満足の表情が浮かんでいた」（ロベール・ギラン『日本人と戦争』朝日文庫）としても不思議ではない。

もちろん、緒戦の大勝利にもかかわらず、彼我の軍事力、経済力などを総合的に比較し、日本は到底、米国には勝てない、緒戦の大勝利はまぐれにすぎないだろう、という醒めた見方をする知識人や学生はいた。どこから情報を得たのか、米国の戦力はあの敗北ぐらいでは致命傷にはならない、という巷の声を私は聞いたことがある。が、それらはごく少数者に限られていたし、表《おもて》にはなかなか現われなかった。現わすことができない状況でもあった。権力によって武装解除されてしまっていた芸術家が、緒戦の大勝利に歓喜し、戦いを宣した天皇を一斉に讃えたのは、彼らの歴史認識が国民の多くと変らなかったためである。

対米英戦争勃発時の諸大家の短歌は天皇崇拝の一語につき、旧派型の月並み調を一歩も出ない。日中戦争時にはまだ冷静さを保っていた土岐善麿や土屋文明などが心をたかぶらせているのは、緒戦の大勝利の影響か。自由主義者と呼ばれた人々も戦争支持を鮮明にした時代で、彼らの自由主義が単なる気分に過ぎないことを実証した。南原繁は世界と戦う非常識を歌に託したが、公表はできなかった。それでも庶民のなかに、冷静に対処した人がいたのは救いである。

日本が正に戦ふこのニュース頻こはばりて我はききゐつ　田中みゆき

米英に宣戦布告ありし日の昼を静かに花を活けかふ　間崎佳子

八日の朝生徒の前にをののきつつ日米英の戦ひしらす　橋本辰雄

工場よりかへり常のごと明るき燈にむかひ本読む宣戦の日に　増田哲郎

祝詞のような職業歌人の歌とちがって、ここにはそれぞれの日常生活がある。彼らは自分の生活のなかで戦争に対処し、生活者としての姿勢を崩していない。理念や観念で戦争や天皇を美化してはいない。生活感情に従って作歌しているので、祝詞風の紋切型になることはなかった。以上の歌は『昭和万葉集』巻六から採ったが、満州事変、日中戦争当時の歌を収録した同書に比べると、戦争への疑義、厭戦感情、召集への脅えなどの作品が極めて少ないことに気付く。政府の言論統制、情報操作が当時よりは格段に強化され、国民意識の画一化も進んでいた結果である。なにしろ、かつてのマルクス主義者赤木健介までが聖戦の歌を作る時代になっていたのである。富沢赤黄男の四一年一月の句に、「蝶墜ちて大音響の結氷期」というのがあるが、時代はまさに、「大音響の結氷期」であった。

ここでの「蝶」は、芸術や理性や真実と解すべきであろう。また「危険分子」の投獄とも見ることができる。権力は戦争遂行に邪魔になる人たちを逮捕投獄した。「大戦起るこの日のために獄をたまはる」の作者橋本夢道もその一人。「たまはる」は謙譲語だが、ここではそれを逆手に取り、皮肉として活用している。秋元不死男もまた投獄された。

降る雪に胸飾られて捕へらる
虱背をのぼりてをれば牢しづか
獄へゆく道やつまづく冬の石
胸寒く見下ろす獄衣袂なし

青き足袋穿いて囚徒に数へらる
手を垂れし影がわれ見る壁寒し
足垂れてくる秋の蚊が獄の天使
囚人に髪刈られ年逝かんとす
獄窓に飛雪大糞出でにけり

秋元不死男は四一年二月、治安維持法違反で検挙され、横浜山手警察署に留置され、起訴決定後、同年十二月十六日、東京拘置所に移った。逮捕されたのも収監されたのも冬で、その状景が作品ににじみでている。「降る雪に胸飾られ」は、逆境に屈しない精神の優位と矜持がもたらした表現で、その状態をユーモラスに描写したのが「大糞出でにけり」である。監獄のもっそう飯では大糞は出なかったと思うが、粗食の割には大糞であったのだろう。逆境を笑いとばす精神力と表現力まで、権力は奪うことはできなかった。秋元が釈放帰宅したのは四三年二月十日で、その時の句「獄を出て触れし古木と聖き妻」「手錠なし納豆の糸箸に引く」「獄を出て炬燵愛《かな》しむ膝頭」などにその喜びがにじんでいる。

栗林一石路も四一年二月、俳句弾圧事件で検挙された。

けもののごとくきてがさがさと冬の部屋をさがす

アリランかなし春の夜のわれも囚われ人
また一人戦争へゆくらし房に凍てきく歌
鬼灯《ほおづき》やいでおろぎいと噛みつぶす
墜ちくる天ささえがたしや独房に

一句目は家宅捜索する特高を「けもののごとく」と諷刺した。二句目の「アリランかなし」は、朝鮮人囚のうたう「アリラン」を聴いての感懐であろう。三句目の「戦争へゆく」のは刑務所の職員と思う。彼を送る歌が独房にも聴こえてくる。五句目は戦争を「墜ちくる天」と観じ、それを防ぎ得なかった、これは自嘲であろう。

歌人では小名木綱夫が四二年、『短歌評論』グループ事件に連座、治安維持法違反容疑で捕えられた。

たましひはあした夕べに長息《なげき》たり獄舎《ひとや》に無辜のおのれを信じ
まずしきが歌詠みしかば牢にも入り邪《よこしま》なりと指弾せられき
囚はれてむしろの上に喰むめしのもつそう飯の上に涙落ちにき
まづしきにありて詠へるあらぎものこの精根を枉《ま》げよといふか

小名木もまた「精根」のある歌人であったことが、これらの歌からもうかがえる。三首目の「涙落ちにき」を、前出の秋元の「大糞」の句と比べると、詠歎を本質とする短歌媒体の一つの性格がある。

ここでまた、対米英戦争に話題を転じよう。緒戦の大勝利に感奮したのは詩人も同様であった。求道派も芸術派もプロレタリア派も、大勝利に酔った。生半可な理性や鋭敏繊細な感受性は何の役にも立たなかった。戦争期を通し、最もすぐれた戦争詩を書いた高村光太郎は、格調高くこの戦争の意義をうたいあげた。「十二月八日」と「われらの道」は、光太郎の戦争観を端的に示している。光太郎は「世界の富を壟断するもの、／強豪米英一族の力／われらの国に於て否定さる。／われらの否定は美による。」（「十二月八日」部分）とうたったが、その「美」の内実を詳述した詩が「われらの歌」である。

ひたすら輪奐の美を誇る文化は低い。
世界最大をよろこぶ文化は幼い。
チユウリツプ、カンナの炎の前に
一茎の白い茶の花が厳として持つ
この高さを人類は知るがいい。
リグレイを噛んで人を憚らぬ

あの無作法を人類は恥ぢるがいい。
富の独占に一切をかける
無残な俗情を人類はすてるがいい。
東洋は再びおこる。
再びおこる東洋は自らただ惑溺せず、
人類文化の総決算を整備して
精神と物質との比例を匡す。
一切を生かして根源をあやまらず、
まつたく新しい美の理念に
今や世界を導き入れようとする。
彼等に理解なくば彼らは遅れる。
むしろ毛もくぢやらな彼等を救ふのが
神々の示したまふわれらの道だ。

これら一連の詩の主題は、「地理の書」の延長戦上にある。もし欧米文化が、「ひたすら輪奐の美を誇る」「世界最大をよろこぶ」だけのものにすぎず、欧米人が「リグレイを噛んで人を憚らぬ／あの無作法」な人間たちであったとしたら、若き日の光太郎の、パリでの自我の解放感も、「根付の国」に見られる日本人と日本文化批判、相対化はあり得なかったにちがいない。光太郎は戦後の「暗愚小伝」のなかで、「はじめて魂の解放を得たのもパリ。」とうたい、そこで日本を相対化する眼を獲得、「悲しい思で是非もなく、／比べやうもない落差を感じた。／日本の事物国柄の一切を／なつかしみながら否定した。」といい、通俗道徳でいう「親不孝」を自覚しながら、あえて「反逆」の道を選んだ当時を回想している。

この若き日の光太郎の自由への希求、自我の形成が、「地理の書」や「われらの道」に至る過程は複雑で、一言で要約することはできないが、あえていえば、「魂の解放」が心情の次元を出ず、主体が「明治的支配」への抵抗体とならなかったためであろう。したがって、「なつかしみながら否定した」「日本の事物国柄」に、最後は回帰せざるを得なかったのである。さらに付け加えるならば西洋心酔の念が厚かっただけに、西欧への劣等感、強迫観念がトラウマとして残っていた光太郎には、米英軍に対する緒戦の大勝利は、精神の慰藉であったのかもしれない。このほか、「彼等の搾取に隣邦ことごとく痩せたり。」（「十二月八日」）に示された反植民地思想もあったろう。「暗愚小伝」で光太郎がうたった「天皇あやふし。／ただこの一語が／私の一歩を決定した。」というような単純なものでなかったことだけは確かである。このくだりも「われらの道」に顕著な、西洋文化の一面の誇張と同質の、光太郎による、おのれの内部の一面化といえる。

光太郎の「地理の書」が「われらの道」への助走台であったという関係が、三好達治の「おんたまを故山に迎ふ」と「捷報いたる」であると思う。三好も「東亜百歳の賊　ああ紅毛碧眼の賤

商ら　何ぞ汝らの艨艟の他愛もなく脆弱なるや」（「捷報いたる」部分）とうたった。繊細な言語感覚に恵まれた三好をして、このような生硬で傲慢な表現をもたらしたところに、戦争の魔力と狂気がある。支配層はまたそれを予想して戦争を煽った。

II

しかし、詩歌人たちを狂喜させた日本軍の勝利も束の間に終った。無謀な戦線の拡大は補給を伴わず、占領地の維持を困難にした。緒戦の劣勢にもかかわらず米英軍は、卓越した生産力と科学技術の進歩によって、次第に日本軍を圧倒していった。その転機となったのが四二年六月五日の、ミッドウェー海戦であった。この海戦で日本海軍は四空母と三二二機の航空機を失った。これが制海権・制空権を米軍に奪われる端緒となる。以後、ガダルカナル島やニューギニア、ソロモン諸島での敗北などは、すべて米軍に制海権・制空権を奪われた結果である。以後日本軍は敗退に次ぐ敗退を重ね、遂に四五年八月一五日の敗戦に至る。この間、アッツ島玉砕、南方各戦線での兵士の餓死の続出、沖縄戦に巻き込まれた島民の受難、東京大空襲を初めとする都市住民の被災、原爆を投下された広島・長崎の悲劇など、戦争の惨禍は至る所、無数の人々に及んだ。もちろん戦争の惨禍の最大の受難者は、被侵略国の諸国民であった。「十五年戦争による日本の死亡者数は約三一〇万人（うち民間人約八〇万人）で、これにたいし中国はじめ諸国民・民族の死亡者数は約二〇〇〇万〜三〇〇〇〇万人である」（江口圭一「二つの大戦」『大系日本の歴史』14 小学館）といわれている。

日米開戦を憂慮する南原繁については前述したが、この戦争中を通して、南原の態度は不動であった。「あまりに一方的なるニュースのみにわれは疑ふこの民の知性」と衆愚を批判し、「戦ひのときといふとも戦のときなるゆゑに真理学ばむ」と、真理探究の姿勢を崩さなかった。出陣学徒を送る南原の苦衷のほどが偲ばれる。このほか彼は東条英機の独裁を憂い、ドイツ軍に対するソ連軍の反撃の奏効に喜ぶ。

「民の知性」低さの一つのあらわれが「文士従軍」といえるが、日夏耿之介は彼らを「俗文学を手弄して淫靡の仲立ちせし作家慰問に出づるよあはれ」と揶揄した。また「国頽（く）ゆべし饕餮《たうてつ》のあき人癡《んどおこ》の青人草《たみ》学をあなづる野ぶせりの勇み」と南原同様、「民の知性」の低劣を痛烈に批判し、文士の真骨頂を示した。「饕餮」は「財を貪る」、「癡の青人草」は愚民、「野ぶせり」は軍人を指す。

知性を失わなかった人にとっては、戦時下の日本は百鬼夜行と見えたにちがいない。オウム真理教が人々の注目を集めた時、「戦争中は日本全体がオウム真理教だった」と丸山眞男は回想したが、集団的狂気が日本を覆ったのが戦時期である。が、戦争が劣勢になり、戦傷者が続出し、国民生活も窮迫してくると、前途を危ぶむ声、国策への疑念も高まってくる。替歌や落首にはそうした国民感情が端的に表現されていて、「英機を撃つなら英機《ひでき》（東条）も射て」などは傑作だが、

『昭和万葉集』にも、国策と一体化できない人たちの内心はうたわれている。ただ当時、公表されるものは少なかった。「教へ子の幾人《いくたり》国に殉じけむ吾が説く道の正否をおもふ　川見駒太郎」は、教え子に義戦と説く自分を疑い、「行くところまで行かねばやまぬ人間のこの戦を我れは見守る　矢代東村」と、敗北を予感した。経済学者内田穣吉も米軍がルソンに上陸した時、日本敗北を確信した。対米英戦争に感奮した窪田空穂も、息子の戦死に接し「大君の将校として死にけむも親には子なり泣かずあらめや」「靖国の神をおもひて慰むはわれには遠し　ましてや親は」と、親の真情を吐露した。この真情まで国家は圧殺することはできない。戦死者は「靖国の神」として祀られるといわれても、遺族の悲しみは消せない。

さて、敗退を続ける南方戦線の兵士たちの状況と心情はどうであったか。飢えと病いによる死者の激増、敗退と武器弾薬の欠乏で戦闘能力を急速に失ってゆく。まさに地獄図絵であった。「炸裂する砲弾の中に忘れゐしひもじさはまた激しく襲ふ　高木八郎」「雨の夜をたどり来たれば木下闇辺《あたり》を籠めて屍臭漂ふ　森田文夫」「まなこひらく兵は泥をも食らふらし戦友《とも》がむくろに身をささへつつ　橋本勇之助」「吾が頭を撃つべき拳銃を磨きゐるジャングルは又雨期に入るなり　小国孝徳」

こうした惨状で、死者の大半は飢えと病いによるものであった。補給をおろそかにした日本軍の体質と、無謀な戦線拡大が重なったためで、これは軍上層部の犯罪といっても過言ではない。ガダルカナル島は餓島ともいわれ、ニューギニア、フィリピン、ビルマとともに餓死者が続出した。吉田嘉七の『ガダルカナル戦詩集』がこの地獄図をうたう。彼は「肉ことごとく枯れ」て餓死した戦友を、憤りをこめて哀悼する（「埋葬」）。絶唱は「妹に告ぐ」である。（吉田は生還）

汝が兄はここを墓とし定むれば、
はろばろと離れたる国なれど
妹よ、遠しとは汝は思ふまじ。
さらば告げむ、この島は海のはて
極れば燃ゆべき花も無し。
山青くよみの色、海青くよみのいろ。
火を噴けど、しかすがに青褪めし、
ここにして秘められし憤り。
のちの世に掘り出なば、汝は知らん、
あざやかに紅の血のいろを。
妹よ、汝が兄の胸の血のいろを。

竹内浩三も「骨のうた」で、黙って誰もいない遠いところで、「国のため／大君のため」死んでしまうその心を、「戦死やあわれ」とうたった。こういう兵士の絶唱に比べれば、従軍文士大木惇夫の「戦友別盃の歌」は技術としてすぐれていても、戦争の真実からは遠い。戦争中この詩が青年たちに愛誦されたのは、「言ふなかれ　君よ　わかれを／世の常を　また生き死にを／南海のはるけき果てに」「見よ　空と水うつところ／黙々と雲はゆき雲はゆけるを。」の感傷性であったろう。「日本人は感情を食つてゐる人間だ」と、清沢洌は『暗黒日記』で書いたが、これもそれにかかわっている。当時、山本五十六は軍神として国民から崇められたが、山本の国葬をうたった秋山清の「国葬」は、一切の感傷を排し、淡々とした調べである。

元帥国葬の日に
私は辞書を引いていた。
南方樹種の名称と学名と用途。
ニューギニアの
モロベ高原には
松林が繁茂するという。
その針葉樹をせんさくしながら
南の島々と
その空とぶ飛行機が脳裏を去来した。

風やみ
竿頭黒布垂れた弔旗を
麦畑のむこうにみた。

秋山清は「拍手——ニュース第一七三号」でもこの態度を崩さない。ニュースはニュース映画のことで、米空母ホーネットを日本の雷撃機が攻撃した実写である。その場面で、「突如館内はそうぜんたる賞讃の拍手に湧いた。」が、それに次いでこの詩は「私は目をとじた。」で結ばれる。ここに観客に和しない秋山の戦争への距離がある。この距離感は、「白い花」でも、「伊藤悦太郎」でも同様である。

「白い花」はアッツ島で戦死した友人への哀悼詩である。山本元帥とちがって彼の名は誰も知らない。一方は国葬、一方は区民葬。そのちがいは歴然としている。しかし、秋山の哀悼の念は、山本に薄く友人に厚い。彼には哀悼の国家的基準や国民的基準はなく、個人判断と個人感情があるだけだ。近年、加藤典洋は自国の戦死者への哀悼を、国民的アイデンティティとすることが、戦後のねじれを解消すると力説しているが、秋山の考えはそれをきびしく拒むだろう。

秋山が戦争に与しなかったのは、あの戦争が侵略であると判断し、戦争が庶民や兵士に惨禍をもたらすことに心を傷めていたからである。それゆえ、美辞麗句や、古語や雅語や漢語調で戦争を美化することも、天皇を寿ぐことも、緒戦の勝利に酔うこともなかった。秋山は兵士や庶民の苦悩や辛酸を直接うたうことより、彼らの置かれた状況をリアルに叙することで、彼らに思いを馳せたのである。戦争を美化し、「皇軍」の偉大さを紋切り調で讃えた詩歌人と、いずれが真に人間として誠実であったかは自明であろう。

確かにこれらの詩には、反戦思想・厭戦思想は、はっきりとした形では示されていない。またそれが公表できる時代でもなかった。が、戦争を冷静に見続けること自体が抵抗であった時代を考慮し、私はそこに反戦思想を汲み取る。『鮫』の詩人金子光晴でさえ、詩作において妥協を余儀なくされた。秋山の詩友小野十三郎も、戦時中を振り返った文章で、幾つかの事例を挙げ、自身の戦争協力について書いている。それによると、「『大阪朝日』の求めに応じて『空の要塞飛ぶ』という詩を書いて、その四発爆撃機の機胴に描かれた日の丸を讃え、『見ていたら涙が出た』と云っている。」また「『週刊小国民』に寄せた『郷土訪問』という詩は、少年飛行兵があやつる練習機が大和国原の故郷の空を訪う光景を歌ったもので、『神棚の瓶子は白くきよらかに焔はゆらぐ、彼が生家はいま日の丸の旗へんぽんたらむ』などと書いている。徴用時代に文学報国会の『辻詩集』（東京新聞所載）に寄せた詩もあげておかなくてはならない。それは『木と鉄と鋼』という題で、木造標準船の竜骨が組みあげられている風景に眼をとめたもので、『波静かなる浜辺に太古の槌の音がする。耳をすませば、それはかすかな鑽孔機の唸音を伴なっている。由来わが民族は深謀機略に富む。時はいま、再び天を摩す鬱然たる巨木を挽きて、もって鉄と鋼に代えんとす』と、鉄鋼資料の欠乏を木材と精神力で埋めろといった戦意昂揚の歌である。ガダルカナルの形勢が非になったとき、これも『毎日』に書いた『質と量』という詩には、『われらもまた生産の戦場において、グラマン戦闘機の性能や、B29の大編隊に向って突入し、単機を十機に五百機に、質において、量においても敵をしのぎ、物や兵器の不足のために流される同胞の血の一滴を惜しみ、防ぎとめよう』とさらに露骨に心情を吐露した言葉がつづられている。」（『奇妙な本棚』第一書店）と、認めている。

小野の『木と鉄と鋼』や『数と量』を含めた戦争詩には、前記小野の要約ではくみつくせない抵抗の要素もあるのだが、いずれにしても、金子や小野のような詩人までが、戦争肯定がらみの詩作をしなければならなかった時代なのである。他の詩歌人の大勢順応は推して知るべし。秋山清の偉さを、改めて私は思わないではいられない。

Ⅲ

日本文学報国会創立は四二年五月で、俳句部会の長は高浜虚子であった。虚子は日中戦争当時から国策に沿った俳句を作った保守派の頭目であったが、虚子に限らず、「滅私奉公」「俳句報国」を唱導する俳人は少なくなかった。前述したように、新興俳句派もプロレタリア俳句派も弾圧され、俳壇から革新の気は消えた。新興俳句派では渡辺白泉や富沢赤黄男らが兵役にあった。白泉は四四年六月召集され横須賀海兵団に入団、「一水兵」として辛酸をなめた。この間の作には、諷刺とユーモアに富んだものが多い。

夏の海水兵ひとり紛失す
戦争はうるさし煙し叫びたし
機銃座や黙して死固の座となれる
血の甲板《デッキ》に青き冷たき夕暮来《く》
白き俘虜と心を交はし言交はさず
爆撃下阿Qの笑ひ泛かべゐし
司令戦死女のもとへ急ぐ途次
司令戦死笑はぬ兵らなかりけり
野毛山に脱走兵はをりしかど
被爆にも赤痢にも莞爾我等兵

「水兵ひとり紛失」は事故死か脱走か自殺か。海軍には「精神注入棒」という暴力棒があり、新兵は古兵から、これで私刑の滅多打ちをされた。自殺や脱走が絶えなかったが、白泉は「阿Qの笑ひ」で対処した。「白き俘虜」には俘虜への同情が厚く、憎悪心は微塵もない。このヒューマニズムは、横浜空襲下、野毛山に隠れていると思われる脱走兵の身を案じる句にもうかがわれる。

その横浜空襲で爆死したのが司令、日頃の怨みに溜飲を下げ、ユーモア満点。「莞爾我等兵」は一兵の矜持である。白泉のヒューマニズムは反戦意識と表裏一体だろう。

富沢赤黄男は四一年出征、北千島占守島に派遣され四四年帰還。陣中句「吾子に与ふ」は赤黄男らしい剛直さと、深々とした温さがにじみでている。「汝が父ははがねの如く月を睨む」「霜つよき日は母の手をあたためよ」が印象深い。大戦直前の「大地いましづかに揺れよ　油蝉」「石の上に　秋の鬼ゐて火を焚けり」は戦争の予感か。

気鋭の俳人といわれた石田波郷、鈴木六林男、佐藤鬼房らも軍隊にあった。波郷の「秋晴や御勅諭誦す貨車の中」「蠅打つて熱出す兵となりしはや」などに兵士の悲哀感が詠まれており、「雁や残るものみな美しき」は秀句。六林男の「遺品あり」は前述したが、そのほか「墓標かなし青鉛筆をなめて書く」「射たれたりおれに見られるおれの骨」がある。彼はバターン半島作戦中、機関銃で腕をえぐられた。佐藤鬼房の「濛々と数万の蝶見つつ斃る」「夕焼に遺書のつめたく死ににけり」が忘れがたい。

Ⅳ

日本本土が初めて米軍機の空襲を受けたのは四二年四月一八日であった。空母ホーネットから発進した爆撃機一六機によるもので、損害は軽微だったが、首都が襲われたこと、これを抑止できなかったことへの国民の衝撃は大きかった。広島・長崎への原爆投下以前、本土で最も大きな被害をこうむったのは四五年三月一〇日の東京大空襲で、投下された二千トンの焼夷弾のため、東京下町一帯はほぼ灰燼に帰し、二七万近い家が焼かれ、約八～一〇万人が死んだ。都市空襲はその後も各地に及び、大量殺人の惨禍で、国民は計り知れない損害をこうむり、国民の志気は衰え、厭戦感情は広がっていった。以下はその空襲詠。

焼夷弾のめぐりに落つる地に伏して死ぬやも知れず目閉じ目を開く　斎藤　万

頭髪のやけうせしむくろがみどりごをいだきてころぶ日の照る道に　天久卓夫

幼子は手に位牌もち火の粉ふらす熱風の中に父われを見ぬ　矢代東村

ひしひしと迫る劫火は面焦す火中《ほなか》にありて妻の名よぶも

かなしきは子を両脇になほ背負ゐ火に追はれゆくちちははのこえ

追はれ来ていまは劫火につつまれぬ死なば諸共と名をよび交す

いまははや避くるてだてなし焔踏みいくの身捨てて火をたたくなり　以上小名木綱夫

説明は要しない。誰もが惨禍の前で、文学表現のもどかしさを感じたにちがいない。

いうまでもなく空襲の最大の惨禍は、米軍機による広島・長崎への原爆投下であった。原爆実験に成功した米国は、これを日本に投下することで、戦争の早期終結を図り、ソ連の日本への影響力を封じるため、原爆という非人道的な大量殺人兵器を用いたのである。それは戦後の世界を米国主導で進めようとする米国の世界戦略に基づくものであった。日本人がアジアの「黄色人種」であるという、人種的偏見と蔑視にも一因していた。日本がもし欧州の一国であったとしたら、原爆投下はなかった、と私は思う。米国の人種差別による残虐兵器の使用は戦後、ヴェトナム戦争、湾岸戦争、アフガン戦争、イラク戦争などでも繰り返される。こうして広島と長崎は、米国の世界戦略の犠牲となり、一瞬の大量殺人としては比類ない惨禍をこうむるのである。非戦闘員の死傷者の比率が高くなるのが近現代戦の特徴だが、その典型が広島・長崎への原爆投下であった。米国は今もって、この無差別大量殺人を反省していない。そして、某々国に対する核の先制攻撃さえほのめかしている。

石炭にあらず黒焦の人間なりうづとつみあげトラック過ぎぬ
子と母が繋ぐ手の指離れざる二つの死骸水槽より出づ
焼けへこみし弁当箱に入れし骨これのみがただ現実のもの　以上正田篠枝
焼けただれた顔かたちなき列つづき弟よ死んであれよとも思ふ　宮田　定
セーラー服の乙女らひしと抱き合ひて壕内にそのまま死してゐるなり　佐々木豊

このほか被爆体験歌は尽きないが、写すに耐えない。それでも実態を全きまでに表現できないのが原爆被害である。サルトルはどこかで、「美しい戦争というものはない。しかし、醜い戦争画というものもない」という意味のことをいったと記憶しているが、原爆のような未曾有の惨禍については、このディレンマはいっそう深刻である。

俳句では西東三鬼が原爆投下の翌年夏、広島を訪れ次の句を作った。

広島に月も星もなし地の硬さ
広島の夜蔭死にたる松立てり
広島や石橋白きのみの夜

原爆の惨禍を直接に吟じてはいないが、自然描写を通して、被災地広島の暗い闇の深さが浮彫されている。

原爆詩では峠三吉や原民喜の作品がよく知られているが、ここでは原民喜の「碑銘」のみを写す。「碑銘」は、原爆被害そのものの描写ではなく、静謐なイメージ表現である。

遠き日の石に刻み
　　砂に影おち
崩れ墜つ　天地のまなか

一輪の花の幻

原民喜は東西冷戦さなかの一九五〇年、新しい核戦争に脅えるように自殺した。広島体験がトラウマとなり、彼の繊細な神経は震え続けたのである。折角アウシュヴィッツで九死に一生を得たある芸術家が、トラウマの重さに耐えられず自殺したのも、将来に希望が持てなかったことにも一因しており、原民喜にもそれはあてはまる。彼の詩「悲歌」は死の予言でもあった。「碑銘」の「一輪の花の幻」は、加藤楸邨の空襲句「火の奥に牡丹崩るるさまを見つ」を彷彿させる。原爆のような言語を絶する惨禍には、尋常な写実主義手法では対処できない。心理的、象徴的手法のほうがその意味を深くとらえることもある。そういう詩を次に写す。

失われた時の頂きにかけのぼって
何を見ようというのか
一瞬に透明な気体になって消えた数百人の人間が空中を歩いている
　(死はぼくたちに来なかった)
　(一気に死を飛び越えて魂になった)
　(われわれにもういちど人間のほんとうの死を与えよ)

そのなかのひとりの影が石段に焼きつけられている

(わたしは何のために石に縛られているのか)
(影をひき放されたわたしの肉体はどこへ消えたのか)
(わたしは何を待たねばならぬのか)

それは火で刻印された二十世紀の神話だ
いつになったら誰が来てその影を石から解き放つのだ

——嵯峨信之「ヒロシマ神話」

嵯峨信之のいう「ほんとうの死」とは、肉体と影が合一としてある死であろう。原爆は人間とあらゆる生物から、「ほんとうの死」を奪った。肉体と影は分離し、肉体は気体となって空中を漂流し、影は石に刻印されたままである。それは肉体にとっても影にとっても、在るべき場所でも、のぞましい死でもない。肉体と影の合一がないかぎり、死者の業苦は続く。それは魂の救済はない、ということでもある。なぜなら、魂は死によって安息を得るのに、「一気に火を飛び越えて魂になった」魂は、空しく「空中を歩」くほかない。この業苦は、火を盗んだ罪科で、大神ゼウスによって岩に縛られた『ギリシャ神話』のプロメテウスのそれに匹敵する。あるいはそれ以上であるかもしれない。嵯峨信之がこの死を「ヒロシマ神話」と名付けたのは、『ギリシャ神話』が念頭にあったからであろう。それゆえ原爆死は、「火で刻印された二十世紀の神話」である。ただこの神話がギリシャ神話とことなるのは、業苦に遭う死者や生者が、直接、火を盗んだのではなく、盗んだ者の悪用の犠牲者だということである。原子の火を盗んだ人間総体への神罰というなら、人は安穏と暮らし、原子の火の存在すら知らなかった人たちが業火に焼かれたことの不条理を、神は知らねばならない。ジョージ・オーウェルは、独裁政治の管理体制によって監視されながら生きる、生きた死者たちの姿を全体主義社会の未来図としたが、嵯峨の描く「ヒロシマ神話」もまた、それと並ぶ人類の根源的危機といえよう。「その影を石から解き放つ」日までその危機は続く。人間が核兵器の攻撃力や抑止力の神話を盲信しているかぎり、人類に救いはない。

一九四五年　広島に落された原子爆弾によって多くのひとびととともにひとりの女性が死んだ　その女性
　の皮膚の一部が地上に残されたが　それは殉難者の顔をそのままうつしていた
わたしは人間の顔ではない
いちまいのガアゼのうえに　ピンで留められて
だが　わたしは叫ばずにはいられない

この歯のあいだにひそむもの
それがウラニウムだ
この鼻孔の底にうごめくもの
それがプルトニウムだ
見えない眼のおくに光るもの
それがヘリウムだ
世界はいま
毒の雨に濡れた　ちいさな暗礁にすぎない
わたしは燃えのこった人間の部分だ
いちまいのガアゼのうえに眠っていると
地平線のむこうから　わたしの失われた部分が呼びかける

見よ　暗黒の海と陸をつらぬく
ウラニウムの雲を
聴け　沈黙の窓と屋根に降る
ヘリウムの雨を
そして　ひとりの子よ

みずからの手ではほろびるな
生命あるものは　いま
荒野をすすむ蝗にすぎない

――木原孝一「黙示」

嵯峨信之は死者の肉体と影の分離の不幸、不条理を訴えたが、木原孝一は、ウラニウムやプルトニウムやヘリウムと化し、「人間の顔」を失った死者をうたっている。その物質と化した個体が、あえて叫ばねばならぬところに、原爆がもたらした悲劇と人類の危機を見る。そして次世代にわずかに希望を託し、「みずからの手ではほろびるな」と必死に訴える。まさに核兵器を手にした人間は、「荒野をすすむ蝗にすぎない」のだ。蝗はただ欲望と集団行動によって荒野を不毛なものとする。自分たちのしている行為と結果の意味するものを知らない。それがみずからの生存を脅かし、生存の基盤を崩していることを予見できない。人間もまた然り。知見し予見する批判的理性と豊かな想像力を失いつつある。木原はそれを衝き、それを憂える。現代社会に生きる詩人の社会的責任の最大のものが、核兵器の廃絶と戦争防止であることはいうまでもない。音韻も律も修辞も、そのためにあると思う。木原孝一にはほかに、一九四五年五月二四日の空襲で死んだ弟への追悼詩「鎮魂歌」がある。

安東次男の「死者の書」は、「広島に投じられた人類最初の原子爆弾は御影石の上に、一人の坐して憩う人間の影を永久に灼きつけた。」ということをモチーフに、「ああ、おれたちがその不毛の影を消す悲願を持ちはじめてから久しい。」と訴え、シジフォスの神話に似た、その困難な道程を暗示する。後半を写す。

おれたちの頭痛の種は
いまこの始末のわるいふくれかえった暗赤色の臍をどう始末するかだ。
臍に
目ができ
鼻ができ
ひょろひょろとおかぼろような生毛が
そのつるつるてんの頭のうえにそよいでいるかどうか
丹念にそれをひっくりかえしてしらべる朝が
おれたちの一日の日課のなかでもっともげんしゅくな刻だ。
だからおれたちは
薔薇いろの鉱石質の陽のなかを
嬉しそうに膝ではいずりまわるしかない。

おれたちが地上にひろごるおのれの影を消しはじめてから久しい。
おれたちが登ってきた暗黒の故里を忘れはじめてから、既に久しい。

安東次男の「死者の書」は末尾に（未来風景Ｉ）と付記されている。しかし、ここに展開されているのは未来図ではなく、まさに現実そのものである。なるほど、私どもの体は今、ここに描かれたような奇形ではない。一日の日課もここでのものとはちがう。二本の足で歩き、田を耕し、魚を獲り、物を造る。「あの日」以前と変らないように見える。

しかし、あの日の死者の影は、永久に怨みを石に灼きつけ、辛うじて生きた人間も、呻吟を重ねている。今も地球のどこかで、残虐な新型爆弾が炸裂し、無辜の人間を殺傷し、奇形にしている。それに共苦しない人間が世界を制覇し、それに追従する人間が後を絶たない。「恥部をかくす必要」のない人間で地球は充満している。「灰色の湿地」の上に得体の知れない妖怪がはいずりまわる。死者が告発するものは、紳士淑女の仮面をかぶった、守護神となる以前の夜叉にほかならない。そういう恐ろしい時代に私どもは生きているのである。

長島三芳の「銃口」は、原爆の投下の悪業を、みずからが責任の一端を担う者としてとらえた異色作である。あの瞬間、「一つの小さな煙の中心にひっかかって断末のくるしみと／乾いた喉につきあげる／おびただしい死のつぶやきを／僕はきいたのだ！」その「死のつぶやき」に、「戦争でやられたあいつらのこえ」が重なる。「あいつら」とは、彼自身が負傷した中国戦線での、彼我の死者たちだろう。「そいつらの苦悶が／僕の水平線をくらい重たいものにする／黒い眼球のえぐられた　その深い湖の底に」。「僕の水平線」とは、彼の明日であり将来である。みずからが「くらい重たいもの」に圧しつぶされ、喘ぐ存在である以上、「深い湖の底に」自分を沈めて生きるほかはない。それが戦争や原爆を抑止できなかった同時代者の責任だ、と長島は訴えているのだろう。

その点、「生きている人間は／死んだ人間の白骨を踏んで／地面の上を歩いている。」と、「黒い影」でうたった上林猷夫も、同時代の責任を共有しているにちがいない。「黒い影」が「苦しそうに起き上り」空中をさまようのも、影の原像のもとに還り、「僅かに絶望の身体を横たえる」のも、肉体と影が分離しているからであり、生者の苦患をおのれの苦患とするからである。

七、敗戦と戦後改革

I

一九四五年七月二六日、米英と中国は対日共同宣言（ポツダム宣言）を発表した。三国が「吾等の条件」としてあげたのは、「軍国主義者の権力・勢力の除去、日本国領域の占領、カイロ宣言にもとづく日本領土の縮小、日本軍の武装解除と復員、戦争犯罪人の処罰と民主主義の確立、再軍備のための産業禁止など」であり、「『日本国政府がただちに全日本国軍隊の無条件降伏を宣言』することを要求し、それ以外の『日本国の選択は迅速かつ完全なる壊滅あるのみとす』と警告した。」（江口圭一「二つの大戦」『大系・日本の歴史』14）

この時、日本はすでに戦争遂行能力を失っていた。本土防衛に必要な艦船や航空機はなく、相次ぐ都市の空襲によって生産力は衰退し、食糧は乏しく、国民は飢餓線上をさまよい、「本土決戦」などできる状況ではなかった。米機の空襲に対抗する防備力がないことを国民は体験を通して知り、軍部の呼号する敵を水際まで引き寄せて撃破するという本土決戦の勝算を、額面通りに信じることはなかった。国民の疲労困憊は極限に達し、厭戦感や、天皇を含めた国家指導者への怨嗟は次第に増していった。

勝利はもちろん、戦争続行さえ困難な状況に追い詰められながら、日本政府はポツダム宣言を受諾することをためらった。最大の理由は、ポツダム宣言には、日本の無条件降伏後、万世一系の天皇が統治することをうたった明治憲法の天皇条項、いわゆる「国体」の存続、天皇の身分が保証されていなかったからである。七月二八日、鈴木貫太郎首相は、ポツダム宣言は黙殺するのみ、と語った。連合国はこれを当然、日本政府のポツダム宣言受諾拒否と理解した。戦争の早期終結を計っていた米国は八月六日広島に、九日には長崎に原爆を投下した。しかし、これでも日本は直ちに降伏はしなかった。ソ連は連合国との約束に従い（予定を六日繰り上げ）八月九日、対日参戦に踏み切った。日ソ中立条約の違反として日本はソ連に抗議した。しかし、日本も日ソ中立条約を締結した三か月後の一九四一年七月、天皇臨席の御前会議において、「対英米戦争も辞せず」とする一方、「独ソ戦争の推移帝国のため有利に進展せば、武力を行使して北方問題を解決し北辺の安定を確保す」という「情勢の推移に伴う帝国国策要綱」を決定し、「関特演」と称するソ連への威嚇大演習を行う背信をしていたのだから、ソ連の違約を一方的に非難するのは片手落ちであろう。

もし日本が国体護持にこだわらず、ポツダム宣言を即時受諾していたら、広島・長崎の原爆投下も、ソ連の対日参戦もなく、それに伴う惨禍もなかった。日本の国家指導者は国民の安全や幸福より、皇室の安泰、国体護持を優先させ、国民に塗炭の苦しみを強いた。その点で、鈴木貫太郎内閣の罪は、近衛、東条に次ぐ。昭和天皇もまた保身から四五年二月、近衛文麿の講和進言を斥け、局地的な勝利さえもはや不可能な事態であるにかかわらず、戦局好転を盲信し、降伏の時期を失い、沖縄戦や東京大空襲を初めとする悲惨事を招来することになった。

日本政府の要望、懇願にもかかわらず、連合国は天皇制の存続に明確な言質を与えず、降伏後の天皇と日本政府の国家統治の権限は、連合国最高司令官に従属する、と日本に回答した。日本政府はそれをめぐって対立したが、皇室の安泰が約束されたものと勝手に解釈し、ポツダム宣言を受諾、八月一五日、戦争終結を告げる天皇放送が国民に流された。

この天皇放送は前日に予告されており、ごく一部の人には降伏を告げるものと判っていたが、多くの国民は、本土決戦を天皇が訴えるのではないか、と予想した。したがって、天皇の放送は国民を戸惑わせるものではあったが、半面、これで助かった、という安堵感を与えたことも確かである。張りつめていた感情が緩んだ時の虚脱と安堵が同時に襲ったのである。

考えてみればそれは当然で、「挙国一致」「滅私奉公」「忠君報国」「暴支膺懲」「米英撃滅」「八紘一宇」などの官製思想を叩き込まれてきた国民にとって、敗戦は支え棒が失われるに等しかった。が、また普通の国民は、そういう理念やスローガンのために生きてきたのではなく、生活者としての実利を重んじることを生きる習慣としていたので、虚脱と安堵感が共在したのである。この点が、理念や思想を生きる支えにしてきた知識人やイデオローグとのちがいであった。

天皇放送とは、天皇の終戦詔勅であるが、ここでは日本の戦争責任・戦後責任は不問に付された。この詔勅には、侵略戦争への反省、被侵略国民への一片の謝罪の言葉すらなかった。そればかりか、あの戦争を自衛として正当化した。天皇にも日本政府にも、二千万ないし三千万人ともいわれる、日本軍によって殺された人々への配慮はなかった。この政治的・倫理的頽廃こそが、戦後日本人の無責任の原点となり、植民地支配の正当化や、「大東亜戦争」肯定論という居直りにまで発展してゆくのである。そこに到らないまでも、戦争責任の不問、戦後補償への無関心として尾を引く。敗戦直後の私どもには、政府や軍部に騙された、という被害者意識はあっても、被侵略国の民衆や植民地支配への加害者意識はほとんどなかった。天皇や国家指導者、また自分自身への戦争責任を追及する者はごく一部に限られ、逆に彼らの唱導する、責任所在の追及のない、内輪だけの「一億総懺悔」に和し、「国体は護持された」という強弁に、疑問も違和感も抱かなかったのである。しかし、変革の波はひたひたと打ち寄せていた。

渡辺白泉は「玉音終るや長官の姿なし」「いくさすみ女の多き街こののち」「新しき猿又ほしや百日紅」と吟じ解放感を味わった。「おそるべき君等の乳房夏来《きた》る」と西東三鬼が吟じたのは四六年である。薄着になった若い女性の豊満な乳房を通して、戦争からの解放感がうたわれて見事である。「体内に機銃弾あり卒業す」は復員学生のこと。彼らは戦後復学できただけでも仕合せであった。非業死した学徒兵は多かった。富沢赤黄男の「乳房に　ああ満月のおもたさよ」「冬落日敗れるべくして敗れけり」もやはり解放感につながるだろう。安住敦の「てんと虫一兵われの死なざりし」の安堵感は、あの時代を生きた人の実感であった。そして兵ならなおさらである。こうしたなかで、最も解放感を味わったのは、反体制派の俳人で、秋元不死男の「終戦日妻子入れむと風呂洗ふ」の日常吟は後年の句だが、「終戦」の解放感を思い出しているのだろう。赤城さかえの「落椿涙たのしむ時代よ去れ」「秋風やかかと大きく戦後の主婦」と並んで、戦時美談（悲劇の美化）の終末を告げる。

敗戦は国民国家成立以後の初めての体験で、解放感を抱きながらも、虚脱感、寂寥感に襲われた人も少なくないだろう。加藤楸邨の「飢せまる日もかぎりなき帰雁かな」「ゆく雁や焦土が負へる日本の名」などにそれがうかがえる。高浜虚子は「秋蝉も泣き蓑虫も泣くのみぞ」「盂蘭盆其勲を忘じな」「敵といふもの今は無し秋の月」と吟じた。虚子にとって戦争は人為ではない。朝顔や野分と同じように、「おのずからなる」もの（自然）である。戦争もまた行雲流水、したがって彼には戦争中の自分への反省も戦争責任意識も生じない。それは虚子だけに限らず、少なくない日本人の考え方でもあった。

その点、歌壇の諸大家も同断。敗戦直後の彼らの短歌には、「畏き聖断に涙しながる」といった調子の類型作が並ぶ。それでも人によって微妙なちがいはある。天皇放送から日が過ぎれば、身辺をかえりみるゆとりも生まれてくる。「あなたは勝つものとおもつてゐましたかと老いたる妻のさびしげにいふ」「子らみたり召されて征きしたたかひを敗れよとしも祈るべかりしか」「このいくさをいかなるものと思ひ知らず勝ちよろこびき半年があひだ」の土岐善麿には、必勝を祈った自分と、戦争の本質を見抜けなかった自嘲の念が交錯する。

その点では斎藤茂吉も同様で、「軍閥といふことさへも知らざりしわれを思へば涙しながる」「勝ちたりといふ放送に興奮し眠られざりし吾にあらずや」とうたっている。が、これは痛烈な自己批判、戦争責任意識ではなく、自己憐憫だろう。その自己憐憫を含みながら、それを超えた人生の寂寥感に耐えて生きる、「老人」茂吉の真情をうたった秀作として、私は次の歌を挙げる。

沈黙のわれに見よとぞ白房の黒き葡萄に雨ふりそそぐ
たたかひにやぶれし国の山川を今日ふりさくと人に知らゆな
このくにの空を飛ぶとき悲しめよ南へむかふ雨夜かりがね
うつせみのわが息息を見むものは窗《まど》にのぼれる蟷螂《かまきり》ひとつ
ほそほそとなれる生《いのち》よ雪ふかき河のほとりにおのれ息はく
たたかひにやぶれしのちにながらへてこの係恋は何に本づく
人皆のなげく時代に生きのこりわが眉の毛も白くなりにき
くらがりの中におちいる罪ふかき世紀にゐたる吾もひとりぞ

さすがに近代短歌の最高峰といわれる歌人だけあって、内省の抒情は卓越している。釈迢空（折口信夫）は茂吉同様天皇崇拝者で、天皇の開戦と終戦詔勅にひれ伏した一人であり、日本の南方侵略を「新しい国造り」とし、近年、村井紀から「戦争を神話化した」ときびしく批判されたが（村井紀『反折口信夫論』作品社）、彼が戦場に果てた養子をうたった歌には、天皇制美学やイデオロギーはない。「たゝかひに果てにし人を　かへせとぞ　我はよばむとす。大海にむきて」「戦ひにはてし我が子を　悔い泣けど　人とがめねば　なほぞ悲しき」。いかなる天皇制イデオローグでも、わが子の戦死を軍国歌謡のように「鳶が鷹の子生んだよで」と、讃え寿ほぐ人はいない。詩人木村迪夫の祖母は、あの戦争で二人の息子を失い、戦後は家に籠って「にほんのひのまる／なだで　あかい／かえらぬ／おらがむすこの　ちであかい」「ふたりのこどもを　くににあげ／のこりしかぞくは　なきぐらし／よそのわかしゅう　みるにつけ／うづのわかしゅう　いまごろは／さいのかわらで　こいしつみ」と、自作の歌をうたっていたという。彼女は山形の貧しい農婦であった。

『昭和万葉集』登載歌にも戦後、戦争を呪う歌が数を増す。なぜもっと早く終戦詔勅を出さなかったのか、という歌もあり、「有馬野の草かきむしり石をかみて呪ひ果つべしわれはいくさを」とうたった阪本勝は肉親を失った一人で、自分の憤りで「ありま群山《むらやま》」を焼きつくしたいほどだと、遺族の悲しみを訴え読者の心を打つ。かつては「死ねと」戦場に息子を送った自分だが、今はただ息子の存命を祈るのみ、とうたう母もいる。問題はこうした真実の声と叫びが、戦前戦中に挙げられなかったことである。基本的人権の保障されない「明治的支配」のためで、国民は支配層の情報操作にまんまと乗せられたのだが、戦後どこまでこの衆愚性が克服されたか、となると甚だ心もとない。小泉純一郎や石原慎太郎、安倍晋三のような軽薄なデマゴーグが高支持率を保っているからである。

社会主義者では河上肇、渡辺順三、小名木綱夫などが率直に解放の喜びをうたった。河上の「あなうれしとにもかくにも生きのびて戦やめるけふの日にあふ」には、戦争中の河上の苦難を思い、嬉しくなった私の記憶が甦える。渡辺順三は「中止も解散もなく思ふことが喋れる自由今ぞわが手に」と解放の喜びをうたったが、日本人はその「自由」をみずからの手で闘いとったのではなかった。河上徹太郎はそれを「配給された自由」と呼んで、一部の人たちから批判されたが、一面の真理であったことは疑いない。それゆえ、敗戦時獄中にあった徳田球一や志賀義雄らをいち早く釈放させることができなかった。敗戦と同時に釈放されていれば、三木清も助かったかもしれない。このことは獄外にあった社会主義者にも責任がある。この鈍感さは、彼らが転向や戦争協力への仮借なき自己批判を怠ったことと表裏一体であった。

詩に目を転じると、敗戦に対する詩人の受けとめ方はさまざまであった。当時陸軍将校だった坂本遼は詩「終戦日記」で、敗戦の日は悄然としていた兵士たちも一夜明けると元気を恢復し、ある兵士は帰ったら十日間女房を抱きつづけるといい、別の兵士は、帰ってすぐ女房と交わるためには、ドンブリ鉢を持たせて子供に酢を買いにやらせるのが妙手。子供はこぼすまいとして時間を食うからその間にヤレると笑わせた。その夜、自分は認識票を大池に投げ「コレデヨイ、コレデヨイ」と納得した二日間を日記の形で書いている。

戦争にのめり込んでいった詩人ほど、敗戦の衝撃は大きかった。戦争詩の代表的書き手高村光太郎がすぐ帰京せず、岩手の山に籠ったのは、鶴見俊輔がいったように、自分を雪攻めの刑に処したからだろう。生い立ちを綴った詩「暗愚小伝」もその一環にちがいない。伊東静雄や神保光太郎も深い衝撃を受けた詩人だろう。

神保は天皇の終戦放送を聴いて「すべては終つた」と感じた。「あのひとは荒涼たる沙漠に取り残された孤独な旅人であつた。そして、今しがたまで、あのひとを神と仰いだ人達は、その眼差しをどこへ向けていくのであらうか。」（「その日の記憶」）といぶかる。

「あのひと」とはいうまでもなく昭和天皇である。が、昭和天皇は、「荒涼たる沙漠に取り残された孤独な旅人」では決してなかった。彼は戦後も一貫して保身のために画策した。神保の天皇イメージは虚像であり、あのイメージは天皇への帰属意識の強い自分の、その時の心情を天皇に投影させてしまったのである。ここに詩人の甘さがある。そういえば神保は、天皇制美学を奉じた日本浪曼派に属していた。権力中枢にある者は、権謀術数のなかで生きているのである。「やつは敵だ。やつを殺せ」（埴谷雄高）が政治の世界である。「寂しさの歌」のプロローグに、「国家はすべての冷酷な怪物のうち、もっとも冷酷なものとおもわれる。それは冷たい顔で欺く。欺瞞は、その口から這い出る。」というニイチェの『ツァラトゥストラはかく語る』を用いた金子光晴にはそれは周知の事実であった。

丸山薫の「日本の良心」も、昭和天皇を「日本の良心」と見る点で、昭和天皇と権力の本質を見抜くことができなかった。丸山は敗戦を疎開先の山形県で迎えた。その日、小学校の校長が、油紙に包んだ「御真影」（天皇の写真）を背に負い山を下って行くのを見た。丸山はその時、「国の歩みの困難なとき／陛下も亦お徒歩《ひろむ》で山の道をおくだりになる」という幻影にとらわれる。

彼が何を根拠に昭和天皇を「日本の良心」と信じたのか、私は知るよしもない。おそらく権力やメディアの情報操作がそうさせたのだろう。丸山が中心にいた四季派は、芸術至高の抒情詩を特徴としたが、三好達治を含め、この派は戦争中芸術至上の反政治・非政治から、国策迎合の過政治に陥った。芸術至上もまた一つの政治的立場であることの証左といえよう。戦後この派の詩人たちは、そのことをどこまで認識し反省したか。それは小野十三郎が提起した短歌的抒情の負性でもある。

Ⅱ

日本の民主化と非軍事化に伴って、「明治的支配」の土台にも亀裂が生じた。基本的人権の保障は新憲法に結晶してゆく。国家神道、治安維持法、特高警察廃止。財閥、軍隊の解体。戦争推進者の公職追放、農地解放、教育改革、女性の参政権などによって旧体制は打撃を受けた。天皇の

「人間宣言」は皇室安泰のための、日米支配層の演出だが、旧憲法秩序の温存が不可能な状況証明でもあった。

こうした一連の戦後改革が、国民に希望と解放感をもたらしたことは疑いない。国民は窮乏のどん底にあったが、自分たちの力で、自分たちの未来を築くことができる、という可能性を信じることができた。戦後六〇年を振返って、あの時が最も明るく、最も希望に満ちていた時代だった、と私は思う。しかし、生活の実体は次の歌にうたわれたように、飢餓線上にあった。

あるときは飲食《おんじき》の餓鬼にとりつかれ夜半もうつつに寝ねがたくをり　木村光太郎
一粒の米さへもなしこの宵はこんにゃくを煮て飯にかふるも　中田　桂
いとけなき子らといへども闇賭博盗みさへして荒く生きぬく　大野誠夫
糧《かて》負ひて三里の道を歩むときまがなしく襲ふこころの飢ゑは　葛原妙子

要するに、既存の道徳観や価値観では生きてゆけない時代で、法律を順守したある裁判官は餓死した。戦災孤児は靴磨きや煙草拾いをし、山田あきが「国やぶれ唇紅きマグダレナ昼の巷にもの怖れなし」とうたったように、女たちも街娼（パンパンと呼ばれた）として生命をつないだ。西東三鬼の「朝の飢ラヂオの琴の絶えしより」「飢ゑてみな親しや野分遠くより」、大野林火の「屋根に落葉目に見えてくらしつまりゆく」、平畑静塔の「てんたう虫翔つや闇屋の空《から》の肩」、森澄雄の「戦争も飢ゑもありにき桐の花」、目迫秩父の「毛皮着てをんな日本語捨てにけり」、加藤知世子の「浮浪児が土に描く絵を消す野分」などの句に、当時の世相がうかがわれる。
それでも生き抜いたのは国民の活力による。警察は庶民の闇米買いまで取締ったが、それを恐れていたのでは食っていけなかった。警官が捕えようとすると、彼らは線路に米を放り投げて逃げた。天野忠は「米」で、その人たちに思いを馳せ、合わせて米造りの百姓たちの立場に身を寄せている。(引用は部分)。

そしてさっきの汽車の外へ　荒々しく
曳かれていったかつぎやの女を連れてきてくれたまえ
どうして夫が戦争に引き出され　殺され
どうして貯えもなく残された子供を育て
どうして命をつないできたかを　たずねてくれたまえ
そしてその子供らは
こんな白い米を腹一杯喰ったことがあったかどうかをたずねてきてくれたまえ
自分に恥じないしずかな言葉でたずねてくれたまえ
雨と泥の中でじっとひかっている
このむざんに散らばったものは

愚直で貧乏な日本の百姓の辛抱がこしらえた米だ
この美しい米を拾ってくれたまえ
何を云わず
一粒ずつ拾ってくれたまえ。

官憲が小さな闇買いを取締っている間、旧軍上層部や支配層は、隠匿物資といわれた大量の資材や食料を横領し、私腹を肥やした。

Ⅲ

ポツダム宣言が日本の戦争犯罪人処罰を「われらの条件」の一つとしたことは前述したが、それに基づき極東軍事裁判が東京で開かれた。ここでの被告は戦争を計画指導した政治家、官僚、軍人たちで、A級戦犯と呼ばれた。そのほか、民衆虐殺や捕虜虐待などの罪科で裁かれた日本軍人がBC級戦犯である。

極東軍事裁判は犯罪対象を既成法にはない「平和に対する罪」「人道に対する罪」にまで範囲を拡げたため、弁護団から疑義が出されたが、今度の戦争の残虐性を罰することで、将来の戦争予防の一助としたい、とする検察側の主張が通った。それは一理ある言い分ではあったが、この裁判は幾つかの点で道理に反していたことは否めない。それを列挙すれば①裁判の公正のためには、中立国から検察官や裁判官を出すべきであったのに、戦勝国中心であったこと。②米国の対日占領政策、あるいは世界戦略のために、本来なら訴追されるべき昭和天皇や七三一部隊幹部が免責されたこと。③人道に反する米国の広島・長崎に対する原爆投下の犯罪が問われなかったこと、などになろう。自国の戦争犯罪人ぐらい、自国民によって裁かれねばならないのだが、私どもにそれだけの政治意識や倫理感が欠けていた。国際法廷とは別に、国民の一人ひとりが、自分の内と外の戦争犯罪を追及する必要があったのだが、それを怠ったために、昭和天皇やみずからの戦争責任を不問し、あとあとまで大きな禍いを残した。

現地裁判についていえば、取調べが杜撰で、責任ある人を見逃し、住民への蛮行、捕虜虐待をしなかった人まで処刑されるという過ちが少なくなかった。チャンギー収容所で処刑された木村久夫もその一人で、その経緯は彼の遺書に詳しい。裁判担当者の調査の杜撰さに加え、言葉が十分に通じなかったこと、現地住民の勘違いなどが、冤罪をもたらした。

今、保守派の政治家や学者などから、極東軍事裁判は勝者が敗者を裁いた復讐と評され、日本の侵略や植民地支配を認める歴史認識は「自虐史観」「極東軍事裁判史観」と呼ばれ弾劾されているが、大筋においてあの判決は正しかった。それゆえ、大方の人々はあの判決を妥当なものとして受け入れた。新しい支配者に逆らうまいとする大勢順応主義もその一因にはちがいないが、長く自分たちを騙し、苦しめてきた国家指導者たちへの怨みと憎しみが、まだ戦争の傷痕が生々しい時代であっただけに、国民のなかに強く、それがあの判決を肯定することになった。

絞首台へ近づきゆきし靴おとを平和への一歩一歩とすべし　土岐善麿
次ぎ次ぎに拉致されてゆく高官の名を聞くたびに活ける甲斐あり　河上　肇
死ね死ねと吾子等を駆りて死なしめし将軍らみな死なで降りぬ　鈴木康文
曳かれゆく吾を見送る友の眼を知りつつ遂にかへり見ざりき
チャンギー虜囚一千の全身耳となり午前九時死刑執行開始
友の房へ「ひと足お先に」と礼《ゐや》しゆくさながら再び合はむが如く
鉛筆にて自ら書きし位牌残しすでに人なしくらき独房
トラックに積み込まれたる刑死者の足はみ出して毛布よりのぞく
縊《くび》らるるもの縊られよと戦争《たたかひ》をやめたる国は事なきを祝《ほ》ぐ
以上並河　律

並河の歌は悲痛である。現地戦犯には上官に罪を転嫁させられた例もあると聞く。上官命令に絶対服従しなければならなかった日本軍の体質にも原因があった。

戦争犯罪人の処刑は国際法上疑義があったが、日本将兵をシベリアに長期抑留したソ連の行為は明らかに国際法違反であった。このため日本将兵は凍土で苦役を課せられ、飢えや疾病に苦しみ、約七万人が死亡したといわれる。ソ連が国際法を順守し、日本捕虜を速やかに帰国させていたら、こうした悲劇はあり得なかった。無事帰国できた人も、抑留時代の肉体と精神に受けた打撃のために長く苦しんだのである。シベリア送りは帝制時代からの習慣で、共産党政権がそれを踏襲したのは、民主主義の伝統がなく、指導者に基本的人権の意識が欠落していたからである。

五千人の墓穴を掘れと生き残るわれら氷土に影痩せて立つ　土屋克夫
凍りたる全裸の屍体運ぶとき馬車の上にてコツコツと鳴る　安部守男
シベリアの雪に焼けたる唇《くち》も頬《ほ》も一つの色に細りたる面《おも》
還る日も命も知らぬ衰へし友らが手もて葬られたる
弟の臨終《いまは》みとりし若き友も還り来る船の中に果てたり
死に近き友の糧さへうばはむと堕ちに堕ちたる俘虜の一年　以上窪田章一郎
いきどほり怒り悲しみ胸にみちみだれにみだれ息をせしめず
湧きあがる悲しみに身をうち浸しすがりむさぼるその悲しみを
ひよつこりと皆帰りたり帰り来む必ずと聞くに親はおろかに　以上窪田空穂

窪田章一郎の歌は、シベリアで死んだ弟を悼んだもので、「死に近き友の糧さへ」は、復員した弟の戦友から聴いた餓鬼道の世界である。あまりのむごさ醜さに窪田章一郎は、「飢ゑ凍え死線さまよふシベリアの一冬をだに生き得しやわれも」と推測している。餓鬼道を拒否した人から死んでいったのかもしれない。あえてそうした道を選んだ人もいた。章一郎は空穂の長男であり、シベリアで死んだのは空穂の次男。空穂の歌からは、愛息を異郷で失った親の痛憤と慟哭が切々と伝わってくる。

詩人石原吉郎はシベリアの収容所に八年間抑留された。彼はハルビンの情報機関でロシア語の翻訳者として働いていたことがソ連に知られ、シベリアに連行された。国事犯に適用される刑法第五十八条違反として二十五年の刑を受けたが、スターリンの死により八年の抑留後、帰国した。石原は抑留中、失語状態であった。その時を回想し、「私にとって、もっとも苦痛な期間は、ほんとうは八年の抑留期間ではなく、帰国後の三年ほどのあいだであったのですが、このことを理解するためには、肉体の麻痺状態を考えてもらうのがいちばん早いと思います。麻痺というのは、つまり感覚の麻痺、いちばんわかりやすいのは触覚ですが、健康な皮膚が正常な感覚をたもっている状態は、いうまでもなく自然で、よろこばしい状態です。それから、皮膚がまったく感覚をうしなって、なんの苦痛も感じなくなった状態も、それなりに自然です。なによりも苦痛がないということは、それ自身救いですから。しかし、いったん麻痺した感覚が、徐々にもどってくるそのあいだが、どんなにいやな、苦痛なものであるかということは、たとえば足のしびれなどの経験で、すでに知っておられると思います。ことばが回復するということは、いってみれば、こういう状態だといえます。」(「失語と沈黙のあいだ」『海を流れる河』花神社)と書いている。

石原吉郎の失語症は、シベリア抑留中、「人間にたいする関心をうしなって行く過程」で生じたものので、発語をみずからに抑圧したのである。そのことは抑留の生活が、「人間否定」の上に成り立っていたまがまがしさを如実に示す。収容所での連帯は憎しみのなかにしかなかった、とも石原は書いており、次に紹介する彼の「葬式列車」は帰国後の作品だが、収容所での極限状況の体験から喚起されたモチーフとイメージであることは明らかだろう。

なんという駅を出発して来たのか
もう誰もおぼえていない
ただ　いつも右側はま昼で
左側は真夜中のふしぎな国を
汽車ははしりつづけている
駅に着くごとに　かならず
赤いランプが窓をのぞき
よごれた義足やぼろ靴といっしょに
まっ黒なかたまりが
投げこまれる
そいつはみんな生きており
汽車が走っているときでも

みんなずっと生きているのだが
それでいて汽車のなかは
どこでも屍臭がたちこめている
そこにはたしかに俺もいる
誰でも半分はもう亡霊になって
もたれあったり
躰をすりよせたりしながら
まだすこしずつは
飲んだり食ったりしているが
もう尻のあたりがすきとおって
消えかけている奴さえいる
ああそこにはたしかに俺もいる
うらめしげに窓によりかかりながら
ときどきどっちかが
腐った林檎をかじり出す
俺だの　俺の亡霊だの
俺たちはそうしてしょっちゅう

自分の亡霊とかさなりあったり
はなれたりしながら
やりきれない遠い未来に
汽車が着くのを待っている
誰が機関車にいるのだ
巨きな黒い鉄橋をわたるたびに
どろどろと橋桁が鳴り
たくさんの亡霊がひょっと
食う手をやすめる
思い出そうとしているのだ
なんという駅を出発して来たのかを

読みながら思わず鳥肌立ってくるこの幽鬼の世界は、人間が非人間（亡霊）となった状態でもあり、非人間がそれでも人間であろうとする可能性の模索だともいえる。単純にいえば、出発した駅は「人間」または「言葉」であり、「思い出そうとしている」のは、数としてのみ扱われる失った「人間」であり「言葉」であろう。これは石原吉郎だけのイメージではなく、人肉食いまでした南方の兵士にも共通している。極限状況のなかで、「なんという駅を出発して来たのかを」

「思い出そうと」しない兵士も少なくなかったはずだが（それはやむを得ないことであった）石原は辛くもその人間崩壊を免れたのである。兵士たちはそれぞれの極限状況のなかで、人間と非人間の共在する自分（「俺だの　俺の亡霊だの」）に直面した、といえよう。兵士はそういう重い体験をし、詩人はその重い体験の意味を問い直そうとする。シベリア収容所体験では、石原吉郎と並ぶ秀作に鳴海英吉の『ナホトカ終結地にて』がある。すぐれた詩集だが、なかから「夏」を引く。

死んでいたら　顔が　かゆくなった
どうすることも　出来ないままでいたら
おれの眉のあたりから　蛆が落ちてきた
おれは　ごろり　とおれの顔を　ころげる
蛆のころげるのを聞いた

ふっと　赤い　くれる落日
おれの死んだ瞳をつらぬいているうち
死ぬときの直前のように　きらめいてひかる
重傷兵を　タコツボの真上から

ソ連兵が射殺している
戦場の掃除で　生きる者と死んだ者と区分する
蛆　落ちるおれの顔に　熱くころげ
おれは米粒に似た　蛆を食う
いつの間にか　頭上に銃口があって
ふっと銃口に夏の花を見た

実存的な石原吉郎の作品に対して、鳴海英吉の作品は写実的である。そのことで被収容者の極限状態が生なましく伝わってくる。それでいて素材を超えた抽象性が、具体性と調和し、独特の詩風を構築している。その点で写実の底に、人間を凝視する作者の透徹した目がある。その深さにおいて、石原作品に拮抗する。死んでゆく者の顔にやさしさがあるか、を問う詩人の感性に、私は作者の深い人間性を感じる。「葬式列車」同様、「死んでいたら顔がかゆくなった」はブラックユーモアだが、「自分は自分の屍体の後を歩いていった」という、ナチスの絶滅収容所における囚人の述懐（フランクル『夜と霧』みすず書房）に通底するものがある。鮎川信夫の「兵士の歌」も、軍隊体験を省察した詩といえよう。（引用は部分）

ぼくはぼくの心をつなぎとめている鎖をひきずって
ありあまる孤独を
この地平から水平線にむけてひっぱってゆこう
頭上で枯枝がうごき　つめたい空気にふれるたびに
榴散弾のようにふりそそいでくる淋しさに耐えてゆこう
歌う者のいない咽喉と　主権者のいない胸との
血をはく空洞におちてくる
にんげんの悲しみによごれた夕陽をすてにゆこう
この曠野のはてるまで
……どこまでもぼくは行こう
ぼくの行手ですべての国境がとざされ
弾倉をからにした心のなかまで
きびしい寒さがしみとおり
吐く息のひとつひとつが凍りついても
おお　しかし　どこまでもぼくは行こう
勝利を信じないぼくは　どうして敗北を信ずることができようか
おお　だから　誰もぼくを許そうとするな

鮎川信夫にとって、戦争の勝敗はさして問題ではない。戦争の歴史的位置を問うことよりも、兵士であったことであらわにされた人間の実存、深淵こそが詩のリアリティであった。心象を表わす言葉は「重たい刑罰の砲車をおしながら／血の河をわたっていった兵士」「はじめから敗れ去っていた兵士」「おのれの自身に擬する銃口」「死霊となってさまよう兵士」「ありあまる孤独」「歌う者のいない咽喉と　主権者のいない胸」「血をはく空洞」「弾倉をからにした心」などである。

もちろん、その心象は「頑強な村を焼きはらったり／奥地や海岸で抵抗する住民をうちころ」した兵士たちの体験とかかわっている。鮎川信夫はそのことを含めて、軍隊と戦争という極限状況に投げ出された兵士の原罪と良心、孤独、兵士が存在理由を失った時代の空虚感、生の目的を見い出せない心の空洞、死者と共有しながら生きる戦後の茫漠感をこの詩に託したのであろう。その人間凝視は、通常の戦争責任論以上に内面的で、自己処罰のきびしさを特徴とする。あの時代を生きた人間は、兵士であるなしにかかわらず、それを原罪として自省し、魂の彷徨をしなければならない、と訴えているように思われる。その意味でこの詩は、出発した駅を思い出せない人間たちの終末意識を綴った石原吉郎の「葬式列車」と表裏一体である。

政治形体、経済構造、教育制度などの改変に従って、人々もまた自分の生き方、価値観を問い直していった。それは当然、戦争中の生き方や価値観の反省を伴っていた。急激に大きく変った人もあれば、殆んど変らなかった人もいる。変化の大小はその人の価値にはそのままつながらない。無反省に大きく変った人もあり、自分に誠実ゆえに小さな変化にとどまった人もあるからである。芸術作品についていえば、内省の深さが読者の感動を左右する。

還りゆく兵が並びて銭貰《ぜに》ふこの雰囲気に新しきところあり
勝利のためきほひきつれどほとほとに個の欲望を充たしゐたりき
生きてゐてああよかつたと朝露にしつとり濡れし無花果を食む
天皇を大胆ならしめ詫び申さすことすらなしになに革るべき
反省少き軍にわがありてなししこと反省す日本に外国軍を入れ
抵抗なき民族を毬に譬へしとき武力のみにてはどうにもならざりき
大陸にとところかまはず踏み入りし日本人の短き足を恐怖す

以上は香川進の短歌だが、敗戦をきっかけにして見る日本人観には的確なものがある。香川進は戦後の急進派ではなかったと思うが、洞察力は鋭い。「還りゆく兵」は、いくばくかの金をもらい復員する兵士をうたっているが、その兵士に、戦争中とちがった表情を発見する。「この雰囲気に新しきところあり」というのは、一市民に戻った兵士に好ましい感情を作者が抱いているからであろう。それは同じ作者の「燃えてゆく軍旗を見つめゐしときに眼《まなこ》にいつぱい泪を溜めぬ」の感情とはちがうもので、「生きてゐてああよかつたと朝露に」の感情につながる。「勝利のためきほひきつれど」は、建前と本音の乖離が敗戦をきっかけに自覚されたもので、この反省は最後の三首になると更に深まる。「天皇を大胆ならしめ」は、日本人の「抵抗なき民族」性を衝いて鋭い。「大陸に」は前述したように、誠実な戦争責任の在り方を示した。武力の限界を見抜く卓抜した洞察力と合わせ、私は感動した。

世をあげし思想の中にまもり来て今こそ戦争を憎む心よ
つつましき保身をいつか性《さが》として永き平和の民となるべし
革命などすでにあらずといふ安堵貧しき生活を吾らはまもる
臆しつつ伏字よみたる十年前《ととせ》今臆しつつ若き世代に対す
在るままにあらき時代《ときよ》を受け行かむ其の限りを吾が良心とせむ
唯一つ拠るべきものを戦争の中に見て来し三十代よ
今にして罵り止まぬ彼らより清く守りき戦争のとき
傍観し得る聡明を又信じふたたび生きむ妻と吾かも

戦後派を代表する歌人近藤芳美の歌である。「臆しつつ伏字よみたる」からも判るように、近藤は学生時代からマルクス主義に関心を寄せた。が、政治運動ができる時代でもなく、また何かの「主義に拠」ることをためらう気質が強く、一個の傍観者として通した。主義なり思想なりを、得心できるまで吟味し疑ってみる、その性癖が、拠るべき主義思想を持つことをためらわした、ということではあるまいか。もちろん保身も考慮されたとは思うが、これは殆んどの人間にあるもので、問題にするには及ぶまい。軽挙妄動型の人間であった私は、物事を深く吟味せず、信じたり運動したりした時期があったので、近藤芳美のように懐疑の精神を抱き続けた「傍観し得る聡明」な人間を尊敬する。それが彼にとっての良心であり、自分に誠実である生き方であり、また「唯一つ拠るべきもの」でもあった。戦争中も戦後もそれを守り通してきたので、「今にして罵り止まぬ彼らより」の自負が生まれたのである。これは小市民的安逸ではもちろんない。小市民的安逸を求めることが生きる目的なら、誠実や良心をみずからに問う必要はない。自己欺瞞を排する倫理は、殆んど常に、内省を伴うものである。「一人清く過ぎ来し事も白じらし」と近藤が詠んだのも内省の結果である。したがって、「つつましき保身をいつか性として」を、単なる小市民的安逸と見てはならない。私が近藤芳美の「傍観し得る聡明」をあえてここで問題にしたのは、「思想の陰影を知らず」、または自己欺瞞に頬被りしたまま、行動する軽薄さを私のなかに、また周囲に多く見てきたからである。それゆえ、「革命などすでにあらずといふ安堵」や「少女らが立て来る赤きプラカード現実は皆喜劇めきたる」などの現実透視の歌が、今の私には身にこたえるのである。

Ⅳ

戦後の諸改革は連合国（実質は米国）主導で行われた。そのなかで最も徹底した改革は農地解放であった。ほかのところが中途半端だったのに、農地解放が徹底して行われたのは、寄生地主制と呼ばれた封建的地主制度が、低賃金や軍国主義、海外膨張主義、国民の無権利状態の温床であったからである。農地改革は二回にわたって行われ、第二次農地改革による自作農創設特別措置法、農地調整法の改正案が成立したのは一九四六年一〇月であった。それにより、不在地主所有の貸付地と、北海道を除く在村地主の一ヘクタール以上の貸付地を強制買収し、小作人に売り渡した。「この結果農民の地位は向上し、農業生産力は上昇して、高度成長の前提条件をととのえることができた。ただし、敗戦直後からはげしい盛りあがりをみせていた農民運動は、農民が土地をもつことになったため、当面の闘争目標がなくなり、急におとろえていった。革命を防ぐために、土地改革をすすめるべきだとしていた松村謙三農相の考えはあたっていたのである。」(藤原彰「世界の中の日本」『大系日本の歴史』15)

地主と小作人は利害が全く相反したので、農地改革は小作人には慶事であったが、地主には凶事となった。価格が安かったことも、地主の不満に拍車をかけた。が、小作人からすれば、もともと土地は地主の特権や収奪によって得たものである以上、耕作者に戻すのは当然であった。農地改革は確かに時代を画するものにちがいなかったが、自作農育成ではなく、国家管理にした上で、耕作者に安く貸与したほうがよかった、という声が当時、農民のなかにもあった。高度経済成長時代の土地ブームを考えると、先見の明といえよう。

放つべきわが田の土をふみながら時の移りをいさぎよしとす　黒須忠一
法なればいたし方なし放す田のわびをば申せみ祖《おや》の前に　大悟諦現
自作農になる日近づくよろこびを妻と語りて早場米出す　後藤玄三郎
いくさ負けし国の小作らこの春はおのが田畑をもちて働く　酒井仙影
小作料七十五円の田にはあれ坪三円にて買収されぬ　篠原杜子城
二反歩の解放土地は八百円この金もちて買へるものは何か　尾沢　郎
地主とふ名は消え去りし現実を父母は嘆かず田に出で給ふ　大橋佐一
自作農となりたる土地も苦しみて耕すのみに終るわが世か　斎藤　薫

黒須忠一や大橋佐一のようないさぎよい地主は少なかった。「法なればいたし方なし」や、農地改革を怨む地主のほうが多かった。執拗に怨み言をいわれ、身の置き場に困った、という中立側農地委員の手記を私は読んだことがある。が、小作人の人権と生活権が無視された長い苦難と屈辱の歴史を考えれば、農地改革は歴史の趨勢であったといえよう。斎藤薫の歌には、自作農ゆえの新たな苦労や不安がうたわれているが、それも小作人時代に比べれば格段のちがいであったはずである。

日本の民主化と非軍事化を至上命題とした連合軍が、明治的支配の規範となった明治憲法の改定を日本政府に迫ったのは当然であった。が、欽定憲法の骨格を残し、旧秩序を温存しようとした政府案（松本烝治試案）は連合軍によって拒否され、連合軍の意向を体してできたのが現行憲法で、一九四七年五月三日に施行された。新憲法の骨子は①国民主権②非武装と戦争放棄（交戦権の否認）③基本的人権の保障であった。連合軍は日本の革新法学者たちの草案を参考にしたともいわれる。

この憲法を、占領軍による押しつけとして、自主憲法制定を叫ぶ声は講和条約発効後あたりから今日まで連綿として続いているが、①と③は農地改革同様、歴史の趨勢であり、②は世界に類がないとはいえ、戦争の惨禍の反省に立って定められた条項で、未来を先取りする普遍的価値である。恒久平和の先駆者としての誇りを新憲法に抱いた人は少なくない。

われらとはに戦はざらむかく誓ひ干戈はすてつ人類のため
たたかひにやぶれて得たる自由をもてとはにたたかはぬ国をおこさむ
以上土岐善麿

戦争放棄悲願の胸をとどろかす夜の爆音の向きを究める
太田青丘

とこしへに平和を誓ふ憲法の成りしに日ぞとけふを記さむ
をみなごは和をば好めば永遠の剣を棄てつとありて親しき
以上中河幹子

もの学ぶ男の子を持てばいまぞ安し兵役は母にも鬼門なりにし
玄米を瓶に搗きつつをみなわれの得し一票を思ひてゐたり
牧野千栄子

土岐善麿、太田青丘、中河幹子らの心情や理念は「戦争はもう懲り懲りだ」という、戦争の悲劇を体験した少なくない人々に共通するものであった。二度とあの辛酸をなめないですむ、といった人々は私の周囲にも多くいた。そうした国民の心情があったからこそ、憲法草案は議会で承認されたのである。牧野千枝子の歌には、選挙権を得た喜びが汲み取れる。川柳の井上信子は戦後、次のような作で時代に棹さした。

黙々と屑籠すみへかしこまり
蠅打って世に尽そうと思うなり
渦巻きをのこす女の民主主義

屑籠は自分を含め旧弊を指す。戦争中は時局に便乗した輩が、戦後、手のひらを返すように民主主義を謳歌している浮薄ぶりに愛想をつかしている作者の、沈黙の矜持が「すみへかしこまり」となったのだろう。井上信子の闘う姿勢を示し、抵抗の人らしい面目躍如。三句目は女性の新しい門出への祝福と激励。作者の戦後民主主義への期待の大きさがうかがえる。

八、冷戦と安保条約

日・独・伊枢軸国の敗北による第二次世界大戦の終結は、同時に米・英を中心とする資本主義国対ソ連・東欧・アジア共産圏の東西冷戦の開始であった。戦争中、英・米とソ連は枢軸国を共同の敵として闘ったが、もともとは利害の反する資本主義と共産主義の間柄で、共同の敵が失われることによって、隠されていた利害の対立が表に現われたのである。それは戦後世界の指導権・支配権、資本主義体制と共産主義体制の縄張りをめぐる争いであり、地域は全世界に及んだ。「一九四七年三月五日、アメリカを訪問中の前イギリス首相チャーチルは、ミズリー州のフルトンで、トルーマン大統領同席のもとに『バルト海のシュテッティンから、アドリア海のトリエステまで、大陸を横断して鉄のカーテンがおろされている』という、のちの『鉄のカーテン演説』として有名になったソ連攻撃の演説をおこなった。」（藤原彰「世界の中の日本」『大系日本の歴史』15）

チャーチルが「鉄のカーテン」を欧州に特定したのは、当時、東西冷戦が欧州において最も顕著であったからである。ドイツや東欧問題、ギリシャの政争などで米ソは対立し、米国は欧州への共産主義の進出を抑えるため、トルーマン・ドクトリンやマーシャル・プランと呼ばれる経済援助を行い、戦争で疲弊した欧州各国を援助した。

一方、アジアでも事態は大きく動いていた。朝鮮は三十八度線で分断され、米ソの代理とでもいえる二つの政権が生まれた。中国でも蒋介石の国民党軍と、毛沢東の共産軍の内戦が勃発し、民衆の支持によって勝利した共産党は一九四九年十月、中華人民共和国を創建、蒋介石も中華民国を台湾に移し、中国本土と対峙した。いわゆる「二つの中国」の誕生である。

広大な中国大陸を反共産主義の最強の砦にしようとして、蒋介石軍に肩入れしてきた米国のアジア戦略は挫折し、米国は中国に替る反共基地として、日本を選んだ。このため連合国軍総司令部（GHQ、実質は米占領軍）は、日本の民主化と非軍事化を推進する基本方針を転換、または後退させ、反共政策を強めていった。

沖縄基地の恒久化、日本の重工業化の復活、ゼネスト中止命令や、公務員の罷業禁止などに現われた労働運動の抑圧などがそれで、この流れは一九五〇年六月二五日の朝鮮戦争勃発によって一段と加速する。自衛隊の前身、警察予備隊の創設、戦争中の指導者の公職追放解除、共産党機関紙の停刊、公官庁や民間企業の共産主義者、その同調者の追放（レッドパージ）と、GHQは矢継早の指示を日本政府に出した。GHQによる戦後の民主改革と非軍事化が、日本の既存秩序を弱体化し、左翼勢力の伸張を促がしている、と考えていた日本支配層は、GHQの対日政策の転換を大いに歓迎した。朝鮮戦争は経済特需をもたらし、日本資本主義の賦活剤となったし、また警察予備隊の創設は、保守支配層が渇望していた国軍復活の端緒となった。再軍備は当然、軍需産業の再生であり、経済の活性化につながると、経済界から期待された。

しかし、米軍基地の固定化、朝鮮戦争に参戦した米軍の出撃基地・兵站基地となったこと、日本自体が再軍備に着手したことは、軍備の廃絶と交戦権を否認した日本国憲法に違反するものとなった。こうした事態に少なくない人々が深い危惧の念を抱いた。それが憲法第九条に対する共感、反戦意識、厭戦感情に由来していたことは断るまでもない。

天かける此の編隊もいくたりの生命奪ふか北さして飛ぶ　茅原利栄

もろともに同じ祖先をもちながら銃剣取れりここの境に　孫戸妍

ほとほとに歩みあまして嘆くとき蘩蔞《はこべ》も暗し朝鮮も暗し

永世に平和を守るといふ意志のこの国の場合の弱き響よ　以上宮　柊二

ようやく終った戦争がまた繰り返される、何と人間は愚かなことか、という嘆きがどの歌にも感じられる。同じ民族が血を流し合う惨状は孫の歌のように胸が傷む。宮柊二の歌の一首目は戦争下にある朝鮮民衆への共苦感をうたっているが、モチーフとなったものは自身の心のふさぎであろう。それはおそらく、戦後を手放しで歓迎できなかった宮柊二の精神の在り様にかかわっている。一言でいえば、戦後民主主義の皮相性、漱石流にいえば外発性への批判で、それが平和への意志の弱さを衝いた二首目につながっていることは明らかだ。「永世に平和を守るといふ意志」

は、早くも朝鮮戦争によってついえたし、そのごの日本の軍備拡張と右旋回は、宮柊二の洞察力の鋭さを実証した。

朝鮮戦争で日本は、米軍基地であったため準戦事国としての役割を演じたが、この戦争自体は、日本国が国権を発動したものではなかった。東西冷戦の状況下で、南北朝鮮ともに武力統一を目差していたが、あの時、先制攻撃したのは北朝鮮であった。それはソ連や中国の容認を得て行われたことはほぼ間違いない。当時、私など左翼は米韓軍が仕掛けたと信じていたが、これは米国=戦争勢力、ソ連=平和勢力という迷妄に基づくもので、事実はその逆であり、それを知った時の私は、自分の「理論信仰」を恥じた。朝鮮戦争をきっかけにして日本の再軍備が始まり、保守回帰、左翼征伐が露骨になったことを考えると、北朝鮮やソ連の戦争挑発はきびしく糾弾されねばならない。

安西均編著の『戦後の詩』のなかには、「朝鮮戦争を背景に」という項目があり、許南麒や井上光晴などの詩が収録されているが、それらには前掲の短歌と主題を共通にする。許の詩は母国での戦争だけに思いのたけも強いが、ここでは朝鮮戦争を忌避し脱走した黒人兵の陰惨な死を通して、反戦への強い意志をあらわした井上光晴の「黒い港」を挙げる。

血痕《ちのり》のあとはまだ消えない

昨夜も黒人兵が射殺された

ふつ、ふつ、ふつ、ふつ
ふつ、ふつ、ふつ、ふつ
コンクリートの声をあげて
波はたえまなく打つているが
汽笛ひとつ鳴らさずに
この港からは毎日
二隻ずつ輸送船がコーリアにむけて
出て行く

腹部に二発、肩に一発
まだぴくぴく動いている死骸を
ジープは一瞬のうちに
運んでいつたが
彼等は脱走しない方が
よかつたのだ

いくら戦争がきらいでも
むしろ逃げないで
同僚たちとともに
なんにもいわず玄界灘を
渡つたほうがよかつたのだ
そうすれば、あるいは
そんな無惨なめにあわずに
すんだろう

血痕のあとはまだ消えず
この街の昼は夜よりも悲しい
だけどまだ逃亡民をかくまう
バラックさえ
そのバラックの抵抗さえ
芽生えてはいないのだ

白いひらひらみえるのは

一晩だけのジャパニーズ恋人の
振るハンカチ
朝鮮《コーリア》へ、朝鮮《コーリア》へ
死にたくない涙をいっぱいうかべて
黒い貨物船は今日もでていく

暗い。暗く重たく沈痛な詩である。射殺される黒人脱走兵という題材からいってそれは当然といえるが、この詩が暗く沈痛であるのは、黒人脱走兵を匿まう日本人の救援組織がないこと、それを作り得ない日本人民の無気力、無関心にもかかわっている。日本が朝鮮戦争の米軍基地であるにかかわらず、日本人は殺される朝鮮人、黒人脱走兵を救おうとしなかった。そこにこの詩の暗さ、沈痛な響きの原因がある。こうした救援組織がない所では、黒人兵にそう訴えるしかなかったのである。戦争特需に湧く日本人とは異質の精神世界で、それは日本の良心と呼んでいいだろう。こうした日本の良心は、脱走米兵の救援についていえば、ヴェトナム戦争時の「ヴェトナムに平和を！市民連合」（べ平連）の運動において結実する。朝鮮戦争時には、市民による反戦運動の機が熟さず、脱走兵の救援組織を立ち上げるに至らなかった。それに米軍占領下では、米脱走兵の救援活動は実際上、不可能であったろう。

朝鮮戦争は日本の戦後史の画期となった。この戦争を契機に日本は再軍備したことは前述したが、その軍事力を含め、国家の基本方針を米国に従属させた。思えば束の間の平和であった。当時、佐藤鬼房は「戦火やまずいつわりなきは嬰児の便」と詠んだが、まことに国家の約束ほど当てにならぬものはない。それでも一方、国民は朝鮮特需（米国からの物資調達）を歓迎した。事実、それが日本経済の復興をもたらしたのだが、国民もまた平和への願望とともに、景気回復のためなら隣国の戦争も見過すという、複雑な心情を抱いていた。ただ戦争の傷痕がなお生なましかっただけに、『昭和万葉集』には「未亡人孤児など救われがたきとき再武装する声を憎悪す」（谷林博）、「再軍備説きやまぬ君の顳に光るわが縫ひし弾創の痕」（笹川路加）、「戦のくらき予感におびえつつすべなき民の無言が重し」（小池峯夫）、「戦争を拒まむとする学生ら黒く喪の列の如く過ぎ行く」（近藤芳美）、「命惜しむ再軍備反対者と何言ふぞ蜥蜴《とかげ》食ひ鼠くひて戦ひにしを」（小国孝徳）など、再軍備、戦争反対の声が少なくない。香川進も歌集『氷原』のなかで、「予備隊員しづかな庭に隊伍せりかつての残虐と彼らとのつながり」と前途を危惧した。香川の危惧はアフガン戦争やイラク戦争で現実のものとなった。自衛隊はインド洋やイラク本土で米軍を援助し、両国民衆への「残虐」に加わっているからである。

朝鮮戦争に呼応し、国内では日本共産党の弾圧が始まり、各職場ではレッドパージの嵐が吹き荒れ、多くの人たちが失業した。左翼受難の時代で、釈放された共産党指導者が米占領軍を解放軍と呼んだことが、私には夢の世界のように感じられたほどである。

戦後日本にとって最も大きな戦争の負性は、米軍基地、特に主要基地が集中する沖縄の存在である。沖縄は講和条約締結後も米軍政下に置かれ、本土復帰後も米軍基地は残り、今も日本全基地の七五%を占める。薩摩藩の支配から明治政府の琉球処分、本土防衛の捨石となった戦争末期の悲劇につぐ第四の苛政といえよう。沖縄出身の山之口貘は「不沈母艦沖縄」のなかで次のようにうたった。

守札の門のない沖縄
崇元寺のない沖縄
がじまるの木のない沖縄
梯梧の花の咲かない沖縄
那覇の港に山原船のない沖縄
在京三〇年のぼくのなかの沖縄
まるでちがった沖縄だという
それでも沖縄からの人だときけば
守札の門はどうなったかとたずね

がじまるや梯梧についてたずねたのだ
まもなく戦禍の惨劇から立ち上り
傷だらけの肉体をひきずって
どうやら沖縄が生きのびたころには
不沈母艦沖縄だ
いな八〇万のみじめな生命達が
甲板の片隅に追いつめられていて
鉄やコンクリートの上では
米を作るてだてもなく
死を与えろと叫んでいるのだ

米国は世界戦略のために沖縄を永久占領するにちがいない。救いがたいのは、日本の安全保障上それをやむを得ないと認める本土の人々である。彼らの底意には、沖縄県民への蔑視がある。この差別意識は琉球処分以降ゆるがない。かつては柳宗悦や柳田国男らの保守派からも、皇民化政策への批判が挙ったが、今の保守派には一人の柳も、一人の柳田もいない。

日米安保条約によって、戦後の日本の平和は保障され、経済繁栄ができたと信じる人々は、事実誤認か事態の一面的理解をしていることに気付かない。なぜなら、戦後の日本を攻撃した、あるいは攻撃しようと計画した国のあることが実証できない以上、保守派の言説は推測に過ぎない。経験的事実によって実証できないものが真理でないことは、論理学の初歩である。逆に対米従属のため日本が米国の戦争に協力することで準戦時国になったことは厳然たる事実であろう。その意味で戦後日本は平和国家であったとはいえない。経済繁栄は一面で事実だが、半面で日本経済を米国に従属させた。何よりもゆゆしいことは、対米従属のため、道理の感覚を喪失したことである。喋々するまでもない。イラク戦争を正当化した小泉首相の詭弁が端的にそれを証明する。

網の目に火を噴く基地を抱く島平和たたへてこの二重の支配
凶悪なる時の動きに守りぬく一滴の血をも奴隷となさず
民族のいのち犯されざらんとすわが拠るところ拒絶の自由

坪野哲久の歌だが、沖縄の現状を放置している今の日本人に最も欠けているのが、坪野の気概、「拒絶の自由」である。坪野の精神につながる詩が浜田知章や新川明にもあることを付記する。反基地闘争はいまでも沖縄では衰えることはないが、本土では砂川、内灘以後は下火になってしまった。沖縄と本土では、基地の重さがちがうのである。日本国の現状は「戦後は終らない」どころか、新しい戦時下であるが、その象徴が沖縄といえよう。断言するが、今の日本は平和国家ではない。戦時国家である。関根弘の「兵隊」は、そのことを予見している。

兵隊が道に倒れていた
そこで医者を呼びに行った
戻ってみると
兵隊は死んでいた

葬儀屋へ行って
棺桶を注文した
戻ってみると
兵隊は笑っていた

洋服屋へ行って
新しい服を買ってやった
戻ってみると
兵隊はネクタイをしめていた

職業安定所へ行って
カードをとってきてやった

戻ってみると
兵隊は家にペンキを塗っていた

写真をとって
女房を探してやった
戻ってみると
兵隊はねころんで笛をふいていた

道具屋へ行って
梯子を買ってやった
戻ってみると
兵隊は金を勘定していた

文房具屋へ行って
ペンと帳面を買ってやった
戻ってみると
兵隊はトランプをやっていた

この生きかえった兵隊は
やはり兵隊だった
しばらくおとなしかったが
やがて命令をとり戻した

命令をとり戻すと
兵隊は昔の服をとりだした
勲章をぶら下げ
行進曲をうたいはじめた

「兵隊」はいうまでもなく日本国の旧体制の象徴である。兵隊が一歩一歩、失地を回復してゆくのが戦後日本で、関根詩はまさに、戦後日本史の集約、象徴表現といえよう。一連の戦争放棄、軍備撤廃から、終連の再軍備の完成は、「昭和」と人生を共にしてきた私には、苦い体験である。日本が軍事大国として甦り、あの侵略戦争と植民地支配を美化し正当化する潮流があなどれない力になっている現実を、私は終連から読みとる。この詩からも明らかなように、日本国民の保守意識の岩盤は固く、それは旧弊の「大日本帝国型人間類型」と、正しい歴史認識を欠いて偏狭で攻撃的ナショナリズムに染まり、浮かれている若い世代までを包含する。

Ⅲ

戦後日本をゆるがした最も大きな大衆闘争は一九六〇年の安保闘争であった。日米安保条約は一九五二年四月二八日に発効したが、岸内閣は一九五九年より米政府と条約の改定交渉を始めた。まとまった新安保条約の「第一の特徴は、『極東における国際の平和及び安全』が両国の共通の関心であるとし、『極東の平和と安全』への『脅威』にたいし、日米両国が協力し、アメリカ軍の日本駐留が継続し、日米の共同作戦と、日本の軍備増強が義務づけられた。つまり『極東』という範囲で、アメリカのアジア政策に日本が協力し、日米共同作戦体制をつくりあげることが約束されたことにある。／もう一つの特徴は、両国の政治的・経済的結びつきを規定した第二条の存在である。ここでは『自由な諸制度を強化すること』『両国の間の経済的協力を促進する』ことが定められ、共産主義にたいする自由世界の強化をうたうとともに、経済的にも日米協力体制を強化し、今まで以上に日本をアメリカ陣営に結びつけるものとなっている。」（藤原彰「世界の中の日本」『大系・日本の歴史』15）

要するに新安保条約は、米国の世界戦略の一環として、日本を恒久的にアジアにおける反共産基地とすることであった。この基本方針は、昨今の周辺事態法、テロ対策特別措置法などによって、一段と強化され、その地域を地球規模に拡げつつある。

新安保条約の国会上程と呼応し、これに反対する社会党、共産党、総評や多くの市民団体による「日米安保条約改定阻止国民会議」が組織された。新安保条約や地位協定の全容が明らかになるに従って、安保改定反対運動への参加者も次第に増えていった。特に政府が、条約の採決を強行したことは、民主主義のルールを踏みにじる暴挙という批判が高まり、これまでデモに無縁であった主婦や芸術関係者などを捲込んだ国民運動に発展した。

そういう大きな運動ではあったが、運動の進め方をめぐって対立が鋭くあらわになった。大きく分けると、国会への「請願デモ」の形で抗議運動を合法的に進めようとする国民会議指導部と、国会突入を含む直接行動によって、条約の採決を阻止しようとする全学連指導部の対立である。全学連指導部の中核を成したのは、日本共産党から除名された人たちが立ち上げた日本共産主義者同盟（ブント）の活動家であったため、彼らは共産党と激しく対立し、共産党は彼らを「トロツキスト」の烙印を押し排除した。この対立はそのごの大学闘争にも及んだ。

新安保条約は強行採決ののち、一九六〇年六月二三日、日米両国の批准をへて成立した。改定反対運動についても、国民会議指導部と全学連指導部の評価は分かれた。前者は運動の盛り上りを民主主義の実践として高く評価し、後者は条約が採決批准されたことをもって敗北と断定した。挫折という言葉が後者の活動家から発せられ、それに対し「労働者には挫折はない」という反対意見が前者から出たのは、運動評価のちがいによる。日本共産党は闘争目標を、対米従属からの民族独立に置いたのに対し、全学連は日本の独占資本を主敵と定め、合法枠を越えようとした。条約の発効は敗北を意味していたが、大衆が行動に立ち上った意義は大きい。敗北ということでそれを抹殺することはできないだろう。

安保闘争やそのごの大学闘争の過程で、多くの詩歌が生まれた。なかでも短歌に秀作が際立つ。それも挫折者の心情をうたったものに集中しているのは、もともと短歌的抒情が詠歎を本質としているからにちがいない。

意思表示せまり声なきこえを背にただ掌の中にマッチ擦るのみ
血と雨にワイシャツ濡れている無援ひとりへの愛うつくしくする
流したる血とたわやすくいう犠牲ぬいあわされている傷口に
もうひとつの壁は背後に組まれいて〈トロツキスト〉なる嫉視の烙印
闘わぬ党批判してきびしきに一本の煙草に涙している
美化されて長き喪の列に訣別のうたひとりしてきかねばならぬ
断絶を知りてしまいしわたくしにもはやしゅったつは告げられている

以上は安保闘争時の代表歌人の一人、岸上大作の歌である。どの歌からも作者の孤独と苦渋と絶望の吐息、喘ぎがうかがえる。彼は仲間と腕を組みながらも無援の「わたくし」を自覚し、「言葉は語尾より憎しみを生む」感情を断つことはできなかった。言葉への憎悪はコミュニケーションの断絶、相互信頼の欠除と同義である。もちろん、共産党への不信は強く、「請願書」に署名している自分を含めた群衆を、「憫笑をただ招くのみ」の行為として、デモに自己陶酔することはなかった。常に醒めている意識が、「美化されて長き喪の列に決別の」の歌に結晶されたのであろう。「無援」の彼がみずからを癒したのはある女性への愛であった。が、その愛は実らなかった。仲間との断絶に加え、この失恋は、岸上大作に立ち上れないほどの打撃を与えた。彼の自殺の主因であろう。自分を欺くことを嫌悪していた彼には、新しい「しゅったつ」はできなかったのである。この闘争にすべてを燃焼させてしまったのかもしれない。

一切を求め溢れし躰らの敗けたる踵われも持ちおり
夕ごとにかの国会に帰りゆき〈戦後〉育ちの臀部
荒々しき受胎の告示――ひざまずく中に四肢張りわれらの〈日本〉
坐り込む――男も今は汗垂れし熟れし子宮を深く捧げて
撲られて来りし〝戦後〟もろともにあり地に満ちてあり　創世記
非武装のわれら石より黙しつつ侮蔑の汗は靴へ走れり
現わるる〈啓示〉を待てるわが額割りてしまいし〈六月〉の斧

我妻泰（田井安曇）の以上の歌は、内容においてほぼ岸上大作と重なる。「請願デモ」や前衛党への不信、傷口の凝視など共通するが、作風は全くちがう。我妻泰は安保闘争のなかの自分を、「踵」「臀部」「子宮」などに収斂すると同時に、〝日本〟や〝戦後〟を、「受胎告示」や「創世紀」というイメージの飛翔によって内面化す。それは極私のイメージであるため、普遍性に欠ける。作者もその点を意識し、歌集の末尾の「あいさつ」のなかで、「非文学性・あるいは反文学性において美的読者を失ない、情念の恣意によって理性家に軽蔑せられ、政治的には右からも左からも、そして更には良識にも叩かれること必定である」と書いている。

そこから推して作者は、あえて「情念の恣意」の表出をねらったのであろう。この頃から大学闘争、七〇年安保闘争時にかけて、「情念」という言葉が流行した。東映やくざ映画や白土三平の劇画などもその一環で、情念をたぎらせていた。理性や合理主義に対する不信は、良識への挑戦でもあり、理性や良識からは革命的エネルギーは生まれない、という情念幻想でもあった。当然、非合理的な情念への共感であり、社会科学への懐疑や侮蔑に連動していた。それは橋本喜典の「流血の正義憎むとくりかえす知性の声といふを疑ふ」に端的に表明されている。正統マルクス主義の権威にかげりが見られるようになったのもこの頃からである。とまれ、安保闘争をうたった岡井隆、馬場あき子、篠弘、清原日出夫らの歌は、岸上大作や我妻泰などの心情圏にほぼ含まれると見ていいだろう。

六〇年安保闘争の中核をなしたのは全学連主流派である。彼らは既成左翼の運動をきびしく批判し、独自の闘争を組立てた。彼らの理論的指導者と目されたのが吉本隆明である。吉本に「死の国の世代へ—闘争開始宣言—」という詩がある。彼の思想は「平和のしたでも血がながされ／死者はいまも声なき声をあげて消える／かつてたれからも保護されずに生きてきたきみたちとわたしが／ちがつた暁　ちがつた空に　約束してはならぬ」という末尾が端的に示す。一言でいえば自立の思想だろう。吉本は戦争中、国家に「統べられ」た苦い経験にこだわり、同世代ばかりでなく、転向左翼の生き方をもきびしく批判し、自己批判を怠った人々と組織の責任を追及した。「死の国の世代」とはそれらすべてを含むのだろう。安保闘争後、吉本が「擬制の終焉」といい、戦後民主主義と対決したのもそれとかかわる。そして高度経済成長が熟するや、潤沢な消費社会を歓迎するまでに至る。そのことは安保闘争時「安保批判の会」を立ち上げ、反岸政権を標榜した江藤淳が、戦後民主主義を虚妄と説き、民族主義・国家主義に走ったことと一脈通じる。私は全学連の運動を否定はしないが、彼らが本当にあの時、国会に突入していれば革命の突破口になったと信じたのなら、甘い現実認識だったと思う。高度資本主義社会はそんな脆弱なものではない。

「大学解体」をスローガンにした大学闘争でも全学連指導部と共産党系の民主青年同盟(民青)の対立は激しく、大学・警察対学生という構図は崩れ、学生組織内部の抗争にも学生たちのエネルギーは消耗された。闘争が局所化したため安保闘争のような広がりを持たず、尖鋭ではあったが次第に孤立し、最後は四分五裂、それに応じて組織間の暴力事件が頻発し、衰退していった。この運動のなかからも福島泰樹、永田和宏、道浦母都子などの才能ある歌人が生まれた。次の歌は道浦母都子。闘争のなかの女性の性が新鮮である。

ガス弾の匂い残れる黒髪を洗い梳かして君に逢いゆく

調べより疲れ重たく戻る真夜怒りの如く生理はじまる

一九五〇年一月、コミンフォルムは、米軍占領下の日本で、平和革命の達成が可能とする日本共産党を、占領軍を美化するものとして批判した。この批判をめぐって日本共産党は所感派と国際派に分裂し、内部抗争を続けた。指導権を握った所感派は武装革命路線に転換、火焔ビン戦術をはじめとする過激な行動に走ったが、大衆の支持を得られず、第六回全国協議会（六全協）において平和革命路線に切り替えた。しかし、コミンフォルムや中国共産党の批判に翻弄され、日本の現実を自主的に認識する能力を失った日本共産党は、党員をはじめ、非党員知識人からのきびしい批判を浴びた。また武装闘争に動員された党員の傷は深く、誠実真摯であるゆえに、組織の犠牲になった人は少なくない。『昭和万葉集』巻十一の「六全協の衝撃」に収められた岡井隆の歌は、そうした状況のなかから生まれた作品である。

戦術の推移のかげに忘らるるかかる無量の血はそして死は

犠牲死のひとりひとりがいま立ちて吹き鳴らす昨日の党への挽歌

権力でも反権力でも、組織と名のつくものは、個人の思惑や感情にかかわりなく、目的を果たそうとする。というより、目的のためには手段を選ばない。目的や手段に従わないものを逮捕したり除名処分にしたりするのである。黒田喜夫の詩「除名」も、共産党の方針に反対したために除名された感懐を叙したものだが、黒田の作品としては、後出の「空想のゲリラ」のほうが密度が高く、思想と感情の奥行きが深い。

朝鮮戦争と並ぶ東西冷戦の、熱い戦争への舞台がヴェトナム戦争であった。日本は米軍の後方基地であったために、戦争の拡大と長期化を憂慮し、一日も早い平和回復を求める声は絶えることなく続いた。戦場の凄惨を伝える映像が、この動きを一段と加速した。

くびりたる戦犯のごとくくびられよアジアをおそひ殺しつぐ者　　窪田章一郎

石像の如くころがる屍体あり「戦場」と呼ぶ画面の背景　　畠中　巌

銃口を向けしと見る間に射殺せり叙事なき推移の画面と映像　　島田修二

刑場へ拉致されて行く少年の細き項《うなじ》をカメラは捉ふ　　下島ふみ世

窪田章一郎の歌は、反共の名のもとにアジア人を殺戮する米国への反感がひときわ強烈だが、それはまた窪田の、同じアジア人としての共生感でもあろう。ヴェトナム戦争の映像は連日テレビで放送された。それが米国での反ヴェトナム戦争運動を盛り上げた一因だといわれる。確かにそれは、戦場の惨劇を文字以上に生々しく伝えた。しかしまた、「叙事なき推移の画面と映像」によって、この戦争の本質を伝えず、人々の反応を感覚、感情の次元に収斂させたことも争えない。ここに諸刃の剣としての映像表現の危うさがある。

浜田知章の「他人の血」は、銃殺されたヴェトコン少年と、日本人の小市民的安穏を対比した作品である。

昨夜
ヴェトナム・サイゴンの郊外で
眼隠しを拒絶したまま
銃殺されたヴェトコンの少年
の写真が
けさ、ラッシュアワーにもまれる
われわれの眼の前にぶらさがる
ボタボタ現像液のたれているのを
一瞥して
すばやく通りすぎる。

八時間前、

一つの処刑が終ったのだ
われわれの眠っていた枕の傍で。
やがて、ぼろ切れの奴隷の旗が
藍色の刻を鳴らすのは
煉瓦色の寒い肋は砕けた。
だが、終焉の絶叫、にがい十七歳の唾は
黒い礫のように
今日のなかの「明日」を刺し貫くのだ
生き残ったものの。
たるんだ東京、ターミナルの駅
飼育された豚の群が
押し込まれ、投げ出され
黙々と階段を駆け上り
駆け降りる
小ッぽけなエゴイズムを後生大事に。

おお、それほど
われわれの眼の粒子は荒れているのか！

この詩は、単に闘うヴェトナム民衆に共感のメッセージを贈る、といった主題ではなく、生半可の共感など拒否される極限状況のなかで生き死んでゆくヴェトナム民衆に、「飼育された豚の群」としての「私」をさらけだし、そのエゴイズムと、エゴイズムを生み出している「たるんだ」日本国をえぐっている。本来、米軍の兵站基地日本はヴェトナムにとっては敵国であるはずで、その位置と役割を考えれば、私どもは「飼育された豚の群」であってはならなかったのである。が、現実はまさしく「豚の群」で、ヴェトナム特需という「小ッぽけなエゴイズムを後生大事に」していたエコノミック・アニマルに過ぎない。「眼の粒子は荒れ」はてているため、「戦後日本の平和は日米安保があったから」などと、たわけたことをいっていたし、いるのである。侵略の加担国の役割を演じながら、「平和であった」とは盗人猛だけしい。「他人の血」に対する人間性と想像力の喪失でなくて何であろうか。

九、高度経済成長と農村の変貌

I

日米安全保障条約改定を置土産に退陣した岸信介に替って、六一年七月、池田勇人が首相に就任した。池田は「所得倍増」を政策の柱にし、安保条約をめぐって二分した国論の収束を図った。池田内閣も日米安保体制を堅持したが、大蔵官僚出身の池田は、経済の構造改革を通して、日本資本主義の生産性向上と近代化を果たし、国民所得の向上に資そうとしたのである。いわゆる高度経済成長政策で、厖大な財政投資によって「道路や鉄道の建設、港湾・空港の整備、ダムの建設、河川の整備などの社会資本の充実」を目差した。「池田内閣は製鉄・火力発電・石油精製などの重化学工業コンビナートを、交通・水利・労働力などの条件のそろった、太平洋ベルト地帯につくりあげる計画をたてた。（中略）政府は六二年五月、新産業都市建設促進法を公布し、六二年一〇月には、全国総合開発計画（全総）を決定した。これは全国に地域開発の拠点として新産業都市一五か所、工場整備特別地域（準新産業都市）六か所を指定するものであった。」（藤原彰「世界の中の日本」『大系日本の歴史』15）

池田首相は重化学工業発展のための労働力を農村に求めた。こうして、農村の若年労働者が都市に吸収されていった。高度経済成長の一環として、農業の経営の拡大と合理化を図る農業基本法も制定されたが、小規模農業を特徴とする日本では、工業部門のような生産性の向上と経営の合理化は不可能で、経済効率の基準から、農村と農業は次第に「お荷物」と見なされるようになった。本当に農業の近代化のためには、第三次農地改革が必要だったのだが、そこには手をつけなかったので、矛盾だけが露出する結果になった。農業の近代化と農民の自立を妨げたことがそれである。補助金政策は農村議員と農協幹部の癒着をもたらしたばかりか、農村自体を、政権政党の金城湯池とし、農民の自立心と、農民としての誇り、矜持を奪っていった。

農業の縮小と工業の拡大、農村人口の都市への移住は、明治以降、連綿として続いていたが、東京オリンピック、新幹線、石油コンビナート、大規模団地建設などにともなって、次・三男だけでなく、農村は専業長男をも季節労働者（出稼ぎ）として都市に送り出さねばならなかった。農家自体にも、農機具の購入、経営規模拡大のための農地整備に費した莫大な借金返済を迫られている事情があり、農閑期、寒冷地では冬期、農民の出稼ぎが常態となった。この傾向は、田中角栄首相の「列島改造論」によって一段と加速された。この結果、山は削られゴルフ場となり、埋立てられた海にはリゾート施設やホテルが立ち並び、風景が一変したばかりでなく、重化学工業の煤煙や排水で環境汚染は広がり、水俣病のような水銀中毒患者の苦吟と生活破壊が深刻になった。「日本列島改造」は、住みよい環境を創るのではなく、息苦しく、気ぜわしい生活環境を生み出した。このため、生態系を守れ！生物の生理の循環を乱すな！というエコロジー運動が全国に拡まってゆくのである。

高度経済成長政策は、以上のようなさまざまな弊害と矛盾をはらみながら、国民所得と生活水準の向上をもたらしたことは疑いない。これには同時期に顕著になった少子化も一役買っている。電気釜、電気冷蔵庫、電気掃除機などの家庭電化が、主婦の家事労働を軽減した。テレビ、クーラー、自家用車、マイホームの入手といった生活様式の変化は、国民に中流意識を植えつけた半面、生活保守主義を強め、労働組合もかつての安保闘争のような政治行動を起す気力を失って無力となった。また中流意識の浸透は国民の上昇志向を促し、偏差値教育と相俟って受験体制を造りあげ、それが子供の塾通いを常態とした。のしかかる教育費の負担から、親の共稼ぎは当然となり、「鍵っ子」を生んだ。マイホームも殆んどは長期返済契約で手に入れたもので、月々の返済が家計を圧迫した。また家は職場に遠く、通勤時間は長くなった。そのように高度経済成長も中流生活も、額面とは裏腹な矛盾をふくんでいた。それを象徴するものが過労死であった。そして、中流意識は幻想に過ぎなかったことがやがて白日の下にさらされるのだが、当時の国民のうち、それに気付いていた人はごく僅かであった。そのなかでは、行政から切り捨てられることを肌身で感じていた良質の農民が、事態の変化に最も危機感を抱いており、行政への批判者となったのである。

農は既に国のやつかいものなりと言ひ切る声のとどこほりなし　谷口良一郎
田を作らず金が貰へると嫉むごときもの言ふ中に黙してゐたり　丸山順哉
農民を六割減らすと首相云えり減らされる先にずり落ちてゆく　山口徳郎
見捨てられゆくべき農にへばりつき今日刈る萱の刃の如き葉群　秋谷敏雄
農夫一人くびれ死にしたるその朝《あした》流水は帯の如くにありし　高辻郷子
農捨つる心にゆらぐ温かきこの一塊の土のもつもの　吉田　峯
復せざる田となり果てし休耕田帰らざるものは田のみに非ず　高橋啓枝
わが汗のしみたる土よ売らんとす継ぐ子もたざるわれら老いつつ　後藤初志
農地売るに羞らひもたぬ世となりて背広着こなす農となりたる　大沢白水
過疎地域家捨ててゆく者増しぬ戦慄に似て山の風鳴る　依田　昇
見はるかす斜面埋めて馬鈴薯の畑続ける村に人なき　鳥谷晶子

谷口良一郎や山口徳郎の歌は、農業切り捨て政策への農民の批判だが、行政による減反政策もその一環である。政策転換の犠牲になるのはいつも弱者である。弱者は時代の暗がりに「ずり落ちてゆく」のである。秋谷敏雄の「刃の如き葉群」の萱は、冷酷な農政の象徴といえよう。

政治は国民の米離れを減反政策の原因としているが、それは一因ではあっても主因ではない。米がそれほど余っていないことは、不作年に韓国やタイなどから輸入したことからも明らかで、こうした事態に備えて、備蓄を十分にしなければならないのに、それを怠っていたのである。根底にあるものは、不足したら輸入すればいい、という考えで、これがつまるところ、食料の自給率を四割までに落してしまった原因である。日本は資源を輸入し、それを加工する工業部門を受け持ち、食料は米国のような大規模農業国、または農業主体国に任せる、という国際分業論が高度経済成長時代の国策となった。

こうして貿易自由化のために、農産物の自由化を受け容れることになる。農薬漬けの輸入農産物が大量に市場に出廻るようになったのもそのためで、ある開拓農民は政府の減反政策について、「私ら山の開拓民は水田が作られず、どんなに口惜しい思いをしたか知れない。その水田を荒地にするなんて世も末だ」と嘆いたことがある。高橋啓枝のように、「帰らざるものは田のみに非ず」で、農民は田を失うことによって、心の拠り所をも失ったのである。

農業切り捨て政策は、将来への農民の希望と期待を失わせた。高辻郷子の歌の、くびれ死の原因は判らないが、将来への絶望から死を選んだ農民もあったにちがいない。一番多い死因は、借金苦であったと思う。杉敦夫も「ホリドール自殺次つぎ出づる村若妻継母老婆狂ひし少女ら」と、地獄図のような村をうたって、読者を暗膽とさせる。みずから生命を絶たないまでも、農業に見切りをつけ転職転地した例は枚挙にいとまがない。

丸山順哉の歌は、減反協力金をもらえる農民への嫉みを、複雑に受け取める農民の反応をうたっている。ただ、これを嫉みとのみ言い切ることはできない。減反政策は道理に反するという理性の声も混っていよう。その批判は都会の市民にもあり、零細農民にもあった。減反協力金だけでなく、米価を年々上げ、消費者米価を据置く食糧管理特別会計は、補助金政策の弊害として、きびしい批判を浴びてきたし、それは現在のウルグアイラウンド対策費でも同様である。

高度経済成長は山林をゴルフ場に、農地を工場地や空港、大規模団地に、渚を港やリゾート地に変えていったが、それにともなって生まれたのが土地成金である。成金農家の戯画は井上ひさしの『吉里吉里人』や長谷川町子の『サザエさん』などに描かれているが、土地を売って豪邸を建てたり、ガソリンスタンドやパチンコ屋、食堂などを開いた例は多い。まさに「農地売るに羞らひもたぬ世」となったのである。羞らいどころか、農地に執着している人間が「時代おくれ」「間抜け」のように見られる風潮が一時は強かった。農地改革で土地を失った旧地主は、この現実を見て歯ぎしりしたという。それでも、吉田峯のように、「一塊の土」の温かさを愛着する農民、「足裏にひとりの声を」聞く農民(宮岡昇)は少なくなかったろう。それゆえ、歩行者をないがしろに、砂利を運び、生コンを運ぶトラックやミキサー車を憎く思い、自分の畑に打たれる中央道の中心杭を、心臓に打たれるように感じもしたのである。高度経済成長の負の遺産が深刻な環境汚染と、それにともなう「公害病」による被害である。煤煙や廃液に含まれた有害物質は、あらゆる生物を蝕み、水俣病のように、毒魚を食用した人間や猫は地獄の責苦に七転八倒した。許しがたい企業犯罪を政官財とも、初めは認めようとしなかった。腐敗の癒着構造が原因解明をおくらせ、その分、被害者の苦患を耐えがたいものにした。怨みをのんで息絶えた患者の無念を政官財、市民とも、他人事のように見ていたのである。

水銀の汚染かなしき不知火の海いまだひそかに漁ると聞く　横山多恵子
海鳥の舞わぬ浜べのさびさびと日ぐれの河口廃液におう　西野信明
汚染なきを必死に告げつつ売り歩くわれもわが荷も濡れつつめたし　赤尾きく
政治呪ひ海を返せと叫《おら》ばへど老多ければ街に届かぬ　ふるたみのる
魚棲まず蛙も鳴かぬこの川は濁りて白き被膜が鎖す　赤沢郁満
怨と書く黒き幟を打ち立てて能面のごとき水俣病患者　武田正枝
何故の巡り合せどスモン病のかすむ目となりよろめき歩む　後藤登太
際限のあらねばスモン病む吾の足揉みくるる妻も疲れて　瀬古忠生
母乳にも毒ありといふ女性らの絶望よそに軍備何なる　窪田章一郎

水俣病にかかわる歌が多いのは、それが政官業犯罪の典型であるからで、横山多恵子の歌は魚民の性《さが》をうたってかなしい。この時期、廃液の匂ったのは河口ばかりでなく、上流でも町でもそうであった。ひとたび魚や野菜汚染の情報が拡がると、汚染していない魚や野菜までが売れなくなる風評被害に、農民や小売業者は泣いた。赤尾きくはそのつらい生業《なりわい》をうたっている。ふるたみのるのうたう「街に届かぬ」声は、水俣病についていえば、元凶会社の従業員の多く住む街の人々を指すが、政治家や官僚にも声は届かなかった。そういう現実をよそに軍備増強する政府を批判したのが窪田章一郎の歌である。水俣病患者が「能面のごとき」表情（無表情）であるのは、人間らしい表情になれる健康状態ではなかったからで、そこに病患の深刻さを見なければならない。こういう事態を起こしたのも、石原晶子の歌「財成せど心貧しき人ら寄り日本列島改造を論ず」のはかりごとを進めたためである。嶋岡晨の『現代の秀句』（飯塚書店）にも、出稼ぎや農地荒廃の句が見える。

村ほろび朴《ほお》咲くひかり誰も知らず　　谷迪子
出稼ぎに父とられじと厚目貼　　木附沢麦青
北風吹いて泥土の干割底知れず　　有働享

谷迪子や有働享の句は前出の依田昇や島谷晶子の短歌と重なる風景である。木附沢麦青の句は、「厚目貼」のなかに、防寒に託し、父を出稼ぎにやるまいとする、子供のひたむきな心情を活写している。有働享の「泥土の干割」は単に北風のためばかりではない。ここでの「北風」は、貧困な農政の象徴である。田辺聖子の『川柳でんでん太鼓』（講談社）にも共通の作品があるのは、世相を題材にする川柳の性質からいって当然といえよう。

一揆の血涸れて百姓背広着る　小田島無郎
ガソリンを持って百姓稲刈りに　窪田善秋

背広着る百姓は前出の短歌にもあった。それのすべてが「一揆の血」が涸れた結果だとは思わないが、補助金をめぐって政権政党にすり寄っている農協幹部にはとっくに、一揆の血は涸れていた。二句目の「ガソリン百姓」、そのために納屋は一年に何回も使われない農機具で足の踏場もなく、借金の重圧で農民は青色吐息。出稼ぎで返済する羽目になる。

Ⅱ

以上の農業・農民・農政問題は、詩においてはさらに深く、細密に表現されている。押切順三の「放棄」から見てゆこう。

ある日ふとその事に気づく、

生産することの無意味さ
創造のあほらしさ、
腕を拱ぬいている楽しさ
私は生産をやめる、
地を耕すことをやめる
私はただの平面、私の土地と対しているだけ、
私は私の農地をすてた、
荒れるにまかせる
ただの土地に仕たてる、
ヒエが生える
スヾメノテッポウだけとなる
たちまちにかわる
畦の消え
境界線もさだかでなくなる
水も涸れる、
かぐわしい甘さ
豊饒の期待も

私はすてる、
放棄する
それは私のものだからだ、
それは
広さだけの
役に立たない土地とかわる、
腕を拱ぬいているこの楽しさ

虚しさにこもっている重たさ、

押切順三は秋田の農民である。押切が実際に農地と生業を「放棄」したのかどうか、私は知らない。この詩は一見、自暴自棄のようだが、そうではない。それは結句の「虚しさにこもっている重たさ」からうかがわれる。したがって「腕を拱ぬいている楽しさ」が反語であることはいうまでもない。問題は真摯に農業を続けてきた人々に、「腕を拱ぬいている楽しさ」といわせている貧困なる農政にある。その意味で、現代農業は未曽有の危機であり、開闢以来の農政の貧困、といえるかもしれない。その農政に一貫して反抗したのが草野比佐男である。「霜月大風」も秀作であるが、ここでは「村の女は眠れない」を紹介する。

女は腕を夫に預けて眠る
女は乳房を夫に触れさせて眠る
女は腰を夫にだかせて眠る
女は夫がそばにいることで安心して眠る

夫に腕をとられないと女は眠れない
夫に乳房をゆだねないと女は眠れない
夫に腰をまもられないと女は眠れない
夫のぬくもりにつつまれないと女は眠れない
村の女は眠れない
どんなに腕をのばしても夫に届かない
どんなに乳房が熱くみのっても夫に示せない
どんなに腰を悶えさせても夫は応えない
夫が遠い飯場にいる女は眠れない

（略）

ああ　村の女は眠れない
眠れない女を眠らす方法は一つしかない
ぴったりとからだを押しつけて腕を乳房を腰を愛して安心させてやるほかはない
そうしないかぎり女は眠れない
村の女は眠れない

女の夫たちよ　帰ってこい
それぞれの飯場を棄ててまっしぐら　眠れない女を眠らすために帰ってこい
横柄な現場のボスに湊ひっかけて出稼ぎはよしたと宣言して帰ってこい
男にとって大切なのは稼いで金を送ることではない
女を眠らせられなくては男の価値がない

女の夫たちよ　帰ってこい
一人のこらず帰ってこい
女が眠れない理由のみなもとを考えるために帰ってこい
女が眠れない高度経済成長の構造を知るために帰ってこい

帰ってこい　自分も眠るために帰ってこい
税金の督促状や農機具の領収書で目貼りした納戸で腹をすかしながら眠るために帰ってこい
胃の腑に怒りを装填するために帰ってこい
装填した怒りに眠れない女の火を移して気にくわない一切を吹っとばすために帰ってこい
女といっしょに満腹して眠れる日をとりもどすために帰ってこい
たたかうために帰ってこい

帰ってこい　帰ってこい
村の女は眠れない
夫が遠い飯場にいる女は眠れない
女が眠れない時代は許せない
許せない時代を許す心情の頽廃はいっそう許せない

出稼ぎを妻の性愛の次元からとらえる視点は独創的で、この詩を生彩あるものとしているが、それにとどまらず、「女が眠れない高度経済成長の構造を知るために帰ってこい」という農政批判を根底に据えているところに、作者の思想の深さがある。性の渇きは夫を出稼ぎに出した農村の女の切ない現実だが、一方において、借金の返済、あるいは家計のためにどうしても出稼ぎしなければならない、というのもまた現実である。ここに農民の置かれているディレンマと困難な生き方があった。実はそれこそが最も重要な農業と農民の問題なのである。

山形の木村迪夫は出稼ぎをやめ帰村した一人である。出稼ぎは辛くみじめであったはずだが、実入りにはなった。が、誇りも充実感も得られない飯場暮らしでは、肉親との別離に耐えられなかったろう。木村には、飯場暮らしを自足できない矜持があった。それが彼の帰村を促したのである。経済事情を考慮の外に置けば、農民の矜持の有無濃淡が、飯場暮らしの評価を決めるのかもしれない。とはいえ、肉親別離の飯場暮らしを、好んで求めた農民はいなかったろう。つまりは、農民も高度経済成長に翻弄されたのである。

村に帰ったところで、村の暮らしが前よりもよくなるわけではない。生活流儀が改っているわけでもない。村は村のままである。因習も秩序も頑として動かない。そのことは村を題材にした黒田喜夫の詩からも明らかである。「農村が都市を包囲する」という中国革命の戦略は、高度資本主義社会の日本では通用しない。加えて日本農民の価値観、生活流儀は大勢順応であり、社会主義思想の受容する条件は無に等しい。そこでの革命戦は空想のなかにしかないのである。黒田喜夫が次の詩を「空想のゲリラ」と名付けた含意がそこにある。

もう何日もあるきつづけた
背中に銃を背負い

道は曲りくねって
見知らぬ村から村へつづいている
だがその向うになじみふかいひとつの村がある
そこに帰る
帰らねばならぬ
目を閉じると一瞬のうちに想いだす
森の形
畑を通る坂路
屋根飾り
漬物の漬け方
親族一統
削り合う田地
ちっぽけな格式と永劫変らぬ白壁
柄のとれた鍬と他人の土
野垂れ死した父祖たちよ
追いたてられた母達よ
そこに帰る

見覚えある坂道を通り
銃をかまえて曲り角から躍りだす
いま始原の遺恨をはらす
復讐の季だ
その村は向うにある
道は見知らぬ村から村へつづいている
だが夢のなかでのようにあるいてもあるいても
なじみない景色ばかりだ
誰も通らぬ
なにものにも会わぬ
一軒の家に近づく道を訊く
すると窓も戸口もない
壁だけの唖の家がある
別の家にゆく
やはり窓もない戸口もない
みると声をたてる何の姿もなく
異様な色にかがやく村に道は消えようとする

ここは何処で
この道は何処へ行くのだ
教えてくれ
応えろ
背中の銃をおろし無言の群落につめよると
だが武器は軽く
おお間違いだ
おれは手に三尺ばかりの棒片を掴んでいるにすぎぬ?

革命家と農村の位相の差を、これほど明晰に示した詩を、私はほかに知らない。「なじみふかいひとつの村がある」というように、黒田喜夫の在所は山形の農村である。主人公は、「いま始原の遺恨をはらす」ために、「帰らねばならぬ」という使命感を抱いて在所に帰ってきたのである。しかも「背中に銃を背負」って。その在所は「ちっぽけな格式と永劫変らぬ白壁」を持つ因習にとらわれた、田地を削り合う狡猾な農民が牙を研ぐ村である。が、そこに行き着く前の村には人の気配はなく、異様で不気味だ。「窓もない戸口もない」家並は、主人公の入村を拒む村人の意志の象徴であろう。言葉の交通不能！　背負った銃もよく見れば、「三尺ばかりの棒片」だったという結びに、革命家（または理想家、空想家）のヒロイズムの滑稽さを作者は示したのであろう。それは現実に弾き返された革命家の自嘲でもある。

しばしば指摘されるように、この詩には黒田喜夫の、農民への近親憎悪が強烈に表出されている。同時に底に流れるものは、「野垂れ死した父母たち」や「追いたてられた母達」に代表される、しいたげられた農民への深い愛情である。ただ「ちっぽけ」な格式を背おう、因習にとらわれた農民は、農民だけではなく日本人の縮図でもある。この点で、高村光太郎の「根付の国」は現存する。農民も都市庶民もそれほど変りはない。ここにまた、革命の困難さがある。黒田喜夫には「窓も戸口もない／壁だけの唖の家」が、人を寄せつけない高峰以上に痛感されたはずである。

あとがき

ここ数年、軽薄な煽動家や、偏狭で攻撃的な国家主義者が権力中枢を占めている。マスメディアも国家のイデオロギー装置としての役割を演じ、一望の荒野と化した。大衆もまた、煽動家や国家主義者、マスメディアの詭弁、虚言を洞察する炯眼を持たない。かくして現下日本は暴走国家、全体主義の様相を呈し始めている。

加えて悪質なデマゴーグたちは自衛艦をインド洋に、航空自衛隊をイラクに派遣し、米侵略軍のアフガン、イラク民衆殺戮の一翼を担い、日本国を戦時国家に変質させた。

事態がここまで悪化している時、昭和の激動のなかでゆるがなかった知性や感性、暗黒のなかで消えることなく点されたヒューマニズムから学ぶべきものは多い。私が昭和動乱の抒情のなかに見い出したものがまさにそれであった。あのきびしい時代のなかで失われなかった批判的知性と、人間らしい心の震えに接するたびに、私は心を打たれ、自分を恥じた。あの時代に比べ、まだまだ私どもには言論、表現の自由が残されている。無関心や沈黙は、あの先人たちに対し申しわけない、と私は切に思う。それが本書執筆の動機である。

本書の大半は詩誌『詩季』に連載したもので、一本にするに当り、大幅に削り手直しした。貴重な紙面を提供された『詩季』主宰者白井欽一氏に改めて謝意を表したい。何分にも専門のない物書き、加えて根気の失せた年寄りの仕事、引用作品の写し違いや誤記があるかもしれない。大過でなければ寛恕をお願いする。仮名遣いは出典に従ったため不統一である。同一作品でも、出典によって用語や改行に違いがあることもこの仕事で発見した。

拙稿が本になったのは、鈴木将夫氏の特段の配慮に因る。本書を鈴木氏に捧げ、合わせ困難な出版状況のなかで刊行を決断された同時代社に厚くお礼申し上げ、「あとがき」の筆を擱《お》く。

二〇〇六年秋

新藤　謙

テキスト（個人作品集は省略）

『昭和万葉集』　講談社

『日本プロレタリア文学集』38〜40巻　新日本出版社

『日本の原爆文学』13　ほるぷ出版

『土とふるさとの文学全集』14　家の光協会

『現代短歌全集』　筑摩書房

『鑑賞・現代俳句全集』　立風書房

高崎隆治編『戦争詩歌集事典』　日本図書センター

同『無名兵士の詩集』　太平出版社

伊藤信吉他編『日本反戦詩集』　太平出版社

安西均編『戦後の詩』　社会思想社

大岡信編『集成・昭和の詩』　小学館

小海永二編『精選・日本現代詩全集』　ぎょうせい

嶋岡晨『現代の秀句』　飯塚書店

田辺聖子『川柳でんでん太鼓』　講談社

秋山清『あるアナキズムの系譜』　冬樹社

※なお、歴史記述については、数社の通史を参考にした。